نادي
القتال

أعمال الدكتور أحمد خالد توفيق
الصادرة عن دار الكرمة

في ممر الفئران – رواية

رفقاء الليل – ١١ قصة من أكثر قصص الرعب إثارة

أفراح المقبرة – ٩ قصص من أجمل قصص الرعب والغموض

الهول – ٨ قصص من أفضل قصص الرعب والإثارة

شَربة الحاج داود: مقالات ممتعة وتأملات عن العلم وشبه العلم

خواطر سطحية سخيفة عن الحياة والبشر: تأملات ذكية
عن الحياة والبشر

كتاب المقبرة – رواية من تأليف نيل جايمان
وترجمها عن الإنجليزية د. أحمد خالد توفيق

ديرمافوريا – رواية من تأليف كريج كليفنجر
وترجمها عن الإنجليزية د. أحمد خالد توفيق

نادي القتال – رواية من تأليف تشاك بولانيك
وترجمها عن الإنجليزية د. أحمد خالد توفيق

تشاك بولانيك

رواية

نادي القتال

ترجمة أحمد خالد توفيق

alkarmabooks.com

facebook.com/alkarmabooks

twitter.com/alkarmabooks

instagram.com/alkarmabooks

بولانيك، تشاك

نادي القتال: رواية / تشاك بولانيك؛ ترجمها عن الإنجليزية أحمد خالد توفيق ـ القاهرة: الكرمة للنشر، ٢٠٢٣.

٢٧٢ ص؛ ٢٠ سم.

تدمك: 9789778648027

١ـ القصص الأمريكية

أـ توفيق، أحمد خالد (مترجم).

بـ العنوان.

رقم الإيداع بدار الكتب المصرية: ٢٩٠٢٢ / ٢٠٢٢

٢٤٦٨١٠٩٧٥٣١

تصميم الغلاف: أحمد فرج

إلى كارول ميدر
التي تتحمل سلوكياتي السيئة كلها.

شكر وعرفان

أود أن أشكر الأشخاص الآتي ذكرهم لحبهم ودعمهم، على الرغم من كل تلك الأشياء الفظيعة التي تحدث، كما تعرفون:

إينا جبرت

جيف بليت

مايك كيف

مايكل فِرن سميث

سوزي فيتللو

توم سبانباور

جيرالد هاورد

إدوارد هيبرت

جوردون جرودن

دنيس ستوفول

ليني ستوفول

كِن فوستر

مونيكا دريك

فِرد بولانيك

١

يجد لي تايلر عملًا كساقٍ، وبعد هذا يزج بالمسدس في فمي قائلًا إن الخطوة الأولى للحياة الأبدية هي أن تموت. برغم هذا كنت وتايلر صديقين حميمين لفترة طويلة، وكان الناس يسألونني دومًا هل أعرف مَن هو تايلر دردن.

ماسورة المسدس تضغط على مؤخرة حلقي وتايلر يقول: «نحن لن نموت حقًّا».

بلساني أشعر بثقوب كتم الصوت التي حفرناها في الماسورة. إن أكثر الجلبة التي تحدثها طلقة الرصاص ينتج عن انفجار الغازات، ثم ذلك الأزيز الضئيل الذي تحدثه الرصاصة لأنها تتحرك بسرعة هائلة. لكي تصنع كاتم صوت عليك أن تحدث ثقوبًا في ماسورة المسدس، ثقوبًا عديدة لأن هذا يجعل الغاز يخرج، ويُبطئ الرصاصة إلى ما هو أقل من سرعة الصوت.

ضع الثقوب في المكان الخطأ ولسوف ينسف المسدس رأسك.

يقول تايلر: «ليس هذا هو الموت حقًّا، سنصير أسطورة، لن نشيخ».

ألمس بلساني الماسورة الموجهة إلى وجنتي، وأقول: تايلر، أنت تفكر في مصاصي الدماء.

البناية التي نقف فوقها لن تكون هنا خلال عشر دقائق. خذ تركيز ٩٨٪ من حمض النتريك وأضفه إلى ثلاثة أضعاف الكمية من حمض الكبريتيك. افعل هذا في حوض ثلجي. ثم أضف الجلسرين نقطة نقطة بقطارة. الآن لديك النيتروجلسرين.

أعرف هذا لأن تايلر يعرفه.

اخلط الناتج بنشارة الخشب، ولسوف تحصل على متفجر جيد. كثير من الناس يمزجون النيترو بالقطن وملح إبسوم الملين كمصدر للكبريتات. هذا ينجح أيضًا. بعض القوم يمزجون البارافين بالنيترو. لم ينجح البارافين معي قَطُّ.

هكذا أقف أنا وتايلر فوق بناية «باركر موريس» والمسدس محشور في فمي، ونسمع صوت زجاج يتهشم. انظر عبر الحافة. إنه يوم غائم حتى على هذا الارتفاع. هذه أعلى بناية في العالم، وعلى هذا الارتفاع تكون الريح باردة دومًا. كل شيء هادئ، فينتابك شعور بأنك واحد من تلك القردة التي يرسلونها إلى الفضاء. تقوم بالعمل البسيط الذي دربوها على القيام به.

تجذب رافعة.

تضغط زرًّا.

لا تفهم أي شيء من هذا. فقط تموت بعدها.

على ارتفاع ١٩١ طابقًا، تنظر من فوق الحافة والشارع من تحتك مبرقش ببساط من الناس يقفون، ينظرون إلى أعلى. الزجاج المهشم

هو نافذة تحتنا. تنفجر نافذة في جانب البناية، ثم تطير خزانة ملفات بحجم ثلاجة كبيرة سوداء، وتسقط إلى أسفل ببطء. تصغر، تتوارى وسط الزحام المحتشد.

في موضع ما من الـ١٩١ طابقًا تحتنا تركض قردة الفضاء في «لجنة الكوارث» في «مشروع الأضرار» محاولة تدمير كل قصاصة من التاريخ.

إن المقولة القديمة عن أنك تقتل دومًا الشخص الذي تحبه. حسنٌ. إنها تعمل بالطريقة وعكسها.

بمسدس في فمك وماسورته بين أسنانك، لا يمكنك إلا أن تتكلم بحروف متحركة.

هذه آخر عشر دقائق لنا.

نافذة أخرى تنفجر في البناية ويتناثر الزجاج كأنه سرب متألق من اليمام، ثم تخرج طاولة خشبية دفعها رجال الطوارئ بوصة بعد بوصة من جانب البناية، حتى سقطت على حافتها وسط الزحام.

لن تبقى بناية «باركر موريس» هنا بعد تسع دقائق. أنت تصنع كمية كافية من هلام التفجير وتطوق أعمدة الأساس لأي شيء. وبهذا يسقط أي مبنى في العالم. فقط يجب أن تحيطه بأكياس الرمال، حتى ينصب الانفجار على الأعمدة لا على ساحة انتظار السيارات حولها.

طريقة الحشو هذه ليست في أي كتاب تاريخ.

ثمة ثلاث طرق لعمل النابالم: الأولى أن تخلط مقدارين متساويين من الجازولين وعصير البرتقال المركز. الثانية أن تخلط مقدارين

متساويين من الجازولين مع الدايت كولا. الثالثة أن تقلب فضلات قِط مع الجازولين حتى يصير الخليط سميكًا.

اسألني عن طريقة عمل غاز الأعصاب. آه! وكل قنابل السيارات المجنونة هذه.

تسع دقائق.

سوف تتهاوى بناية «باركر موريس» بطوابقها المائة وواحد وتسعين، كأنها شجرة تهوي في غابة. وتدوي صيحة الحطابين (شجرة ستهوي!). من الغريب أن تفكر في أن المكان الذي نقف فيه سوف يصير نقطة في السماء.

أنا وتايلر على حافة سطح البناية، المسدس في فمي، أتساءل عن مدى نظافته.

لقد نسينا كل شيء عن خطة تايلر للانتحار والقتل بينما نحن نرى خزانة ملفات أخرى تهوي من جانب البناية، والأدراج تنفتح فيتطاير الورق الأبيض مع الريح.

ثماني دقائق.

ثم الدخان. الدخان يخرج من النوافذ المهشمة. سوف يصطدم فريق المفرقعات بالمفجر الأولي خلال ثماني دقائق. سوف يفجر المفجر الأولي المفجر الأساسي، ولسوف تدخل صورة بناية «باركر موريس» كل كتب التاريخ.

إنه تتابع من خمس صور: هنا البناية سليمة. الصورة الثانية تمثل البناية وقد مالت بزاوية ثمانين درجة. ثم سبعين درجة. البناية مائلة بخمس وأربعين درجة في الصورة الرابعة حين تتهاوى الهياكل.

الصورة الأخيرة ينهار فيها البرج بكل طوابقه فوق المتحف الوطني الذي هو هدف تايلر الحقيقي.

يقول تايلر: «هذا هو عالمنا الآن. عالمنا. وهؤلاء القوم الذين ولى عهدهم قد ماتوا!».

لو عرفت كيف سيحدث هذا، لسرني أكثر أن أكون ميتًا وفي الجنة الآن.

سبع دقائق.

وعلى قمة بناية «باركر موريس» يضع تايلر مسدسه في فمي. بينما تتطاير خزانات الملفات والأوراق وأجهزة الكمبيوتر من نوافذ البناية، والدخان يخرج من النوافذ المحطمة، وفريق المفرقعات يقف في الشارع ينظر إلى ساعاته. أنا أعرف هذا كله: المسدس، الفوضى، إن الانفجار يتعلق بمارلا سينجر.

ست دقائق.

إن نوعًا من مثلث الحب يحيط بنا. أنا أريد تايلر، وتايلر يريد مارلا، ومارلا تريدني أنا.

أنا لا أريد مارلا، وتايلر لم يعد بحاجة إليَّ. ليس بعد اليوم. الأمر لا يتعلق بالحب، بل يتعلق بغريزة التملك.

من دون مارلا لن يمتلك تايلر شيئًا.

خمس دقائق.

لربما صرنا أسطورتين وربما لا. في رأيي أننا لن نكون. لكن أين سيكون المسيح اليوم لو أن أحدًا لم يدوِّن الإنجيل؟

أربع دقائق.

أتحسس ماسورة المسدس بلساني وأقول: تريد أن تصير أسطورة؟
تايلر يا رجل. أنا سأصنع منك أسطورة. كنت هنا منذ البداية.
أتذكر كل شيء.
ثلاث دقائق.

أتحسس ماسورة المسدس بلساني وأقول: تريد أن تصير أسطورة؟
تايلر يا رجل. أنا سأصنع منك أسطورة. كنت هنا منذ البداية.
أتذكر كل شيء.

كانت ذراعا بوب الغليظتان مطبقتين عليَّ، فوجدت نفسي محشورًا في الظلام بين ثدييه الكبيرين الجديدين. كنا في قبو الكنيسة الممتلئ بالرجال، حيث اعتدنا أن نلتقي كل ليلة. هذا هو آرت وهذا بول وهذا بوب. كتفاه العملاقتان ذكرتاني بالأفق. كان لبوب شعر أشقر كثيف كأنه غارق في عجينة كثيفة من كريم الشعر.

وكان يضغط براحتَي يديه على رأسي فوق الثديين الجديدين على صدره البرميلي.

يقول بوب: «سيكون الأمر على ما يرام، سوف تبكي الآن».

ومن ركبتي إلى جبهتي أشعر بالتفاعل الكيماوي داخل بوب وهو يحرق الغذاء والأكسجين.

يقول بوب: «ربما استأصلوه مبكرًا، لربما هو مجرد سرطان خصية. مع سرطان الخصية تكون فرصتك في الحياة مائة في المائة».

وترتفع كتفاه في شهيق طويل ثم تهبطان، تهبطان، تهبطان بزفرات مرتجفة. ترتفعان إلى أعلى.

تهبطان، تهبطان، تهبطان.

لقد ظللت آتي هنا كل أسبوع لمدة عامين، وفي كل أسبوع يخنقني بوب بذراعيه فأبكي.

يقول بوب: «والآن فلتبكِ»، ويأخذ نفسًا عميقًا ثم يشهق ويشهق، «هلم الآن. فلتبكِ».

ويهبط الوجه المبتل العملاق على وجهي فأغوص داخله. هنا أبكي. البكاء متاح في الظلمة الخانقة حين تجد نفسك داخل شخص آخر، وحين تدرك أن كل ما يمكنك تحقيقه سوف ينتهي كهراء.

وكل ما كنت تفخر به سوف يطاح به.

وأضيع داخل وجهه.

وهذا هو أقرب شيء إلى النوم توصلت إليه منذ قرابة أسبوع.

هذه هي الطريقة التي قابلت بها مارلا سينجر.

كان بوب يبكي لأنه منذ ستة أشهر تم استئصال خصيتيه، ثم بدأ العلاج بالهرمونات. إن لديه ثديين لأن نسبة التستوستيرون أعلى من اللازم. ارفع معدل التستوستيرون ولسوف يرفع جسدك الإستروجين بحثًا عن التوازن.

هنا تبكي لأن حياتك تصير لا شيء، ليس لا شيء فحسب بل هو النسيان التام.

الكثير من الإستروجين ولسوف يصير لك ثديا امرأة.

من السهل أن تبكي حين تدرك أن كل شخص أحببته سوف يتخلى عنك أو يموت. على المدى البعيد سوف يهبط متوسط حياة كل إنسان إلى الصفر.

بوب يحبني لأنه يحسبني بلا خصيتين مثله.

حولنا في قبو كنيسة «الثالوث المقدس الأسقفية» هناك عشرون رجلًا وامرأة واحدة، كلهم يقفون أزواجًا وأكثرهم يبكون. بعضهم انحنى للأمام وألصق أذنه بأذن رفيقه كما يفعل المصارعون. الرجل الذي يرافق المرأة الوحيدة يضع ساعديه على كتفيها، ساعد على كل جانب من رأسها، ووجهه الباكي مدفون في عنقها. يميل وجهها إلى جانب وتتناول لفافة تبغ.

أختلس لها نظرة من تحت إبط بوب.

بينما هو يصرخ: «طيلة حياتي. لماذا أفعل أي شيء؟ لا أعرف».

هي المرأة الوحيدة هنا في مجموعة «الرجال الباقون معًا»، مجموعة مساندة مرضى سرطان الخصيتين. تدخن لفافة تبغها تحت ثقل رجل غريب، وتتلاقى عيناها بعينَي.

مُزَيِّف.

مُزَيِّفة.

شعر قصير أسود لامع، عينان كبيرتان كما يرسمونها في أفلام الرسوم المتحركة اليابانية. نحيلة بلا أي شحوم كاللبن خالي الدسم، شاحبة كمخيضه. ترتدي ثوبًا تراصت عليه أزهار داكنة كورق الحائط. هذه المرأة موجودة أيضًا في مجموعة «مساندة مرضى الدرن الرئوي» التي أحضرها ليلة الجمعة. وكانت في مجموعة «مائدة سرطان الجلد الأسود» التي أحضرها مساء الأربعاء. وكانت في مجموعة المناقشة الخاصة بسرطان الدم والتي يعقدها «المؤمنون المخلِصون». في منتصف شعرها ترى جلد فروة رأسها الأبيض اللامع.

حين ترى هذه المجموعات المساندة للمرضى، تجد أن لها أسماء

غامضة طنانة. المجموعة التي أحضرها يوم الثلاثاء عن طفيليات الدم اسمها «حرر وطهر».

المجموعة التي أحضرها عن طفيليات المخ اسمها «ما فوق وما وراء».

وظهر الأحد أحضر مجموعة «الرجال الباقون معًا» في كنيسة «الثالوث المقدس الأسقفية» فأجد هذه المرأة مرة أخرى.

الأسوأ من هذا أنني لا أستطيع البكاء وهي تراقبني.

هذا هو أفضل جزء أحبه حين يمسك بي بوب فأبكي بلا أمل. كلنا نجهد أنفسنا بالعمل، وهذا هو المكان الوحيد الذي أسترخي فيه. هنا إجازتي.

لقد ذهبت لأولى مجموعات مساندة المرضى منذ عامين، بعدما قصدت طبيبي لأستشيره من جديد بشأن الأرق الذي يطاردني.

ثلاثة أسابيع ولم أنم بعد. ثلاثة أسابيع بلا نوم وسوف يصير كل شيء كتجربة خروج الروح من الجسد. قال لي الطبيب: «الأرق هو مجرد عرض لشيء أكبر، ابحث عن الشيء الخطأ، أصغِ إلى جسدك».

لم أكن أريد سوى النوم. أردت بعض كبسولات «أميتال الصوديوم» الزرقاء التي تحوي ٢٠٠ ملجم من المادة. أردت كبسولات «التوينال» الشبيهة بالرصاصة، أو «السيكونال» الأحمر كصبغة الشفاه.

نصحني طبيبي بمضغ الناردين وممارسة الرياضة.

لو رأيت ثمرة الفاكهة الضامرة المسنة التي تحول لها وجهي لحسبتني ميتًا.

قال لي الطبيب إنه لو أردت أن أرى الألم الحقيقي فعليَّ أن أقصد جماعة «القربان المقدس» مساء الثلاثاء، وأرى طفيليات المخ وأمراض العظام الضمورية واختلالات المخ العضوية. أرى مرضى السرطان يقاومون.

لذا ذهبت هناك.

في أول مجموعة ذهبت إليها كان هناك من قدموا الآخرين لي: هذه أليس، هذه برندا، هذا دوفر. الكل يبتسمون مع وجود ذلك المسدس الخفي المصوب لرؤوسهم.

لا أقول اسمي الحقيقي في جمعيات المساعدة.

هيكل عظمي صغير لامرأة اسمها كلوي يتدلى سروالها خاليًا حزينًا. قالت إن أسوأ مشكلة بالنسبة إلى طفيليات المخ أن أحدًا لا يمارس الجنس معها. هي هنا قريبة من الموت حتى إن شركة التأمين على الحياة دفعت لها خمسة وسبعين ألفًا من الدولارات، لكن كل ما تتمناه هو أن يضاجعها أحدهم للمرة الأخيرة. ليست المودة ما تريد بل الجنس.

فماذا يقول الرجل؟ ماذا تقول أنت؟

بدأ كل شيء بإرهاق بسيط. والآن لم تعد تطيق الذهاب للحصول على العلاج. أفلام إباحية. كانت لديها أفلام إباحية في دارها.

حكت لي أنه في عهد الثورة الفرنسية، كانت السجينات ـ الدوقات والماركيزات والبارونات ـ المحكوم عليهن بالإعدام ينمن مع أي رجل يصل إليهن. وشهقت في عنقي. المضاجعة تزجي الوقت. الفرنسيون يطلقون عليها «الميتة الصغرى» (*La petite mort*).

كلوي لديها أفلام إباحية لو كنت مهتمًّا. نتريت الأميل، ومزلقات. في المعتاد كان هذا سيؤدي لتهييجي، لكن كلوي كانت هيكلًا عظميًّا مغموسًا في شمع أصفر.

وأنا لا شيء. لست حتى لا شيء. لكن كتفيها تحتكان بي حين نجلس في دائرة على السجادة المشعثة. نغمض أعيننا ويأتي دور كلوي كي تقتادنا في تأمل موجه، وتأخذنا إلى حديقة الصفاء. كانت تحكي لنا عن القصر ذي الأبواب السبعة. داخل القصر هناك سبعة أبواب، الباب الأخضر والباب الأصفر والباب البرتقالي. وكانت تكلمنا وهي تفتح كل باب. الباب الأزرق، الباب الأحمر، الباب الأبيض. وتبحث عما هنالك.

مغمضي الأعين كنا نتخيل ألمنا كرة من الضوء الأبيض الشافي يطفو حول أقدامنا ويرتفع لركبنا، لخصورنا، لصدورنا. تنفتح مراكز الشاكرا[1] فينا، شاكرا القلب، شاكرا الرأس. كانت كلوي تحدثنا عن كهوف نلقى فيها حيواناتنا التي تمثل قوتنا. حيواني كان البطريق.

كان الثلج يغطي الكهف وقد أمرني البطريق بأن أنزلق. بلا جهد فعلنا ذلك عبر الممرات.

ثم جاء وقت الاحتضان.

افتح عينيك.

هذا هو التلامس الجسدي كما قالت كلوي. على كل منَّا أن ينتقي شريكًا. ألقت كلوي بنفسها حول رأسي وبكت. كان لديها مشهد صدر

بلا حمالات في البيت لهذا بكت. كان لديها زيت وأصفاد لهذا بكت، بينما أنا أرمق عقرب ساعتي يدور إحدى عشرة مرة.

لهذا لم أبكِ في أول مجموعة مساعدة أحضرها. لم أبكِ كذلك في المرة الثانية ولا الثالثة. لم أبكِ بسبب طفيليات الدم ولا سرطان القولون ولا العته المخي العضوي.

هذا هو الحال مع الأرق، كل شيء بعيد، نسخة من نسخة من نسخة. الأرق يبعدك عن كل شيء، لا تستطيع لمس شيء، ولا شيء يلمسك.

ثم ظهر بوب. حينما ذهبت أول مرة إلى مجموعة سرطان الخصية، جاء إليَّ في مجموعة «الرجال الباقون معًا» وراح يبكي. وحين جاء وقت العناق نهض كشجرة ويداه إلى جانبيه، وقد استدارت كتفاه، وذقنه على صدره، وعيناه مغلفتان بالدموع. وهو يحك قدميه بالأرض، ليلقي بثقله عليَّ.

لقد هبط عليَّ هبوطًا.

والتفت حولي ذراعاه القويتان.

قال لي إنه كان مولعًا بالشراب. ثم الستيرويد الذي يستعملونه في سباق الخيول (ويسترول). صالة التدريب التي يملكها. تزوج ثلاث مرات وكان مسؤولًا عن اختبار المنتجات الجديدة. ألم أره في التلفزيون؟ لا؟ كل برنامج تدريب عضلات الصدر كان من ابتكاره. إن الأشخاص الصادقين بهذا الشكل يجعلونني أشعر بالتخاذل لو كنت تفهم ما أعنيه.

لم يكن بوب يعرف ما حدث له. ربما واحدة من «الهوايفوز»

لم تنزل، وعرف أن هذا عامل يمهد للسرطان. أخبرني عن علاج الهرمونات ما بعد الجراحة.

أبطال كمال الأجسام الذين يتعاطون الكثير من التستوستيرون تصير لهم أثداء نساء.

كان عليَّ أن أسأله عما يقصده بلفظة «هوايفوز».

قال لي إن معناها «الخصيتان»، «الكرتان»، «البيضتان». في المكسيك حيث تتباع الهرمونات يطلقون عليهما «البيضتان».

طلاق، طلاق، طلاق، طلاق. حدثني عن نفسه وأراني صورة في حافظته تظهره عاريًا ضخمًا في مسابقة ما. هي طريقة غبية للحياة ـ كما قال ـ لكن حين يحلقون لك على المنصة، وقد فقدت من دهن جسدك نحو ٢٪، وقد تركتك مدرات البول باردًا صلبًا كالخرسانة، يصيبك العمى من الأضواء والصمم من صدى السماعات العالية حتى يأمرك الحكم: «افرد العضلة الرباعية، اثنِ واثبت في هذا الوضع».

«افرد ذراعك اليسرى، اثنِ العضلة ذات الرأسين واثبت».

هنا يصير الأمر أروع من الحياة الواقعية.

وتنطلق بسرعة في طريق السرطان. ثم يأتي الإفلاس. كان لديه ولدان بالغان لا يردان على مكالماته الهاتفية.

وكان علاج ثدييه الأنثويين أن يقوم الطبيب بفتح ما تحت العضلات الصدرية ويسحب أي سائل.

هذا كل ما أذكره لأن بوب كان يحيطني بذراعيه الآن، ورأسه يغطيني. هكذا غبت في الظلام والنسيان والصمت التام، وحين

خرجت من صدره أخيرًا، كان صدر قميصه صورة مبتلة لوجهي الباكي.

كان هذا لقائي الأول بمجموعة «الرجال الباقون معًا» منذ عامين.

وفي كل لقاء بعد هذا كان بوب يجعلني أبكي.

لم أعد إلى الطبيب قَطُّ، ولم أمضغ جذور الناردين.

كانت هذه هي الحرية، أن تفقد أي أمل. هذا هو معنى الحرية. لو لم أتكلم كان القوم في المجموعة يفترضون الأسوأ، وينفجرون في البكاء فأبكي أكثر. انظر إلى النجوم فوقك ولسوف تضيع.

وفي أثناء عودتي إلى داري بعد مجموعة المساعدة كنت أشعر بأنني حي كما لم أشعر من قبل. لم أكن مهددًا بالسرطان أو طفيليات الدم. كنت المركز الدافئ للعالم من حولي.

وهكذا نمت. حتى الرُّضع لا ينامون بهذه الراحة.

في كل ليلة كنت أموت وفي الصباح أحيا. أبعث.

حتى هذه الليلة. عامان من التوفيق حتى هذه الليلة، لأنني لا أقدر على البكاء بينما هذه المرأة تراقبني، لأنني لا أستطيع أن أبلغ القاع فلا خلاص لي. لم أنم منذ أربعة أيام.

إنها تراقبني فأشعر بأنني كاذب وأنها زائفة. إنها كاذبة. ليلة التعارف قدمنا أنفسنا: أنا بوب، أنا بول، أنا تيري، أنا ديفيد.

لكني لا أعطي اسمي الحقيقي أبدًا.

سألتني: «سرطان، أليس كذلك؟».

ثم قالت: «حسنٌ. مرحبًا، أنا مارلا سينجر».

لم يخبر أحد مارلا قَطُّ أي نوع من السرطان هذا. بعدها انشغلنا في هدهدة الطفل بداخلنا.

الرجل ما زال يبكي على عنقها، فتسحب نفسًا آخر من لفافة تبغها. أراقبها وأنا بين ثديي بوب.

بالنسبة إليها أنا زائف، لكني لم أستطع النوم منذ الليلة الثانية التي رأيتها فيها. أنا الزائف الأول هنا. بالطبع ما لم يكن هؤلاء القوم يكذبون بصدد آلامهم وسعالهم وأورامهم. حتى بوب ذلك الوعل الكبير.

مارلا تدخن وتشخص بعينيها الآن.

في هذه اللحظة انعكس كذبها في كذبي وصار ما أراه أكاذيب وسط كل حقائق هؤلاء. كلهم يتكلمون عن أسوأ مخاوفهم، عن أن الموت آتٍ لهم مباشرة، وعن أن ماسورة المسدس مضغوطة على مؤخرة حلوقهم. لكن مارلا تدخن وتشخص بعينيها، وأنا مدفون تحت بساط ثقيل يبكي، وفجأة يصير الموت مساويًا للزهور البلاستيكية على شاشة الفيديو. ليس حدثًا على الإطلاق.

أهمس: «بوب، أنت تهشمني». أحاول أن أبقي صوتي خفيضًا ثم أصرخ: «بوب، يجب أن أذهب إلى «الدورة»».

ثمة مرآة معلقة فوق المغطس في الحمام. لو ظلت القواعد ثابتة فلسوف ألقى مارلا في «ما فوق وما وراء» ومجموعة «أمراض اعتلال المخ الطفيلي». ستكون مارلا هناك طبعًا، ولسوف أجلس هناك جوارها. وبعد التأمل الموجه وأبواب القصر السبعة، وكرة

النور الشافية، وبعدما نفتح الشاكرا، ويأتي دور العناق، سأمسك بالعاهرة الصغيرة.

ذراعاها مضغوطتان إلى جانبيها، وشفتاي تلتصقان بأذنها. سأقول لها: مارلا، أيتها الأكذوبة الكبرى، اخرجي من هنا.

هذا هو الشيء الحقيقي الوحيد في حياتي وأنت تفسدينه، أيتها السائحة الكبيرة.

في المرة التالية التي نلتقي فيها، سأقول: مارلا، بوجودك هنا لا أستطيع النوم، وأنا بحاجة إليه. انصرفي.

تصحو من النوم في «آير هاربر إنترناشونال».

ومع كل إقلاع أو هبوط للطائرة، حين تميل الطائرة على جانبها، كنت أدعو الله أن تسقط وتتحطم. هذه اللحظة كانت تشفيني من الأرق. تداعبني بحلم النوم كشحنة تبغ معدومة الحيلة في مخزن أمتعة الطائرة.

هكذا قابلت تايلر دردن.

تصحو في أوهار.

تصحو في لاجارديا.

تصحو في لوجان.

تايلر يعمل بعض الوقت عامل عرضٍ سينمائي. بسبب طبيعته لا يقدر تايلر إلا على العمل في وظائف ليلية. لو تغيب عامل عرض لأسباب مرضية يتصل الاتحاد بتايلر.

بعض الناس خُلقوا للنهار وبعضهم خلق لليل. لا أقدر إلا على العمل في عمل صباحي.

تصحو في دلاس.

التأمين يدفع لك ثلاثة أضعاف القيمة لو مت في رحلة عمل. كنت أدعو الله أن تؤثر الريح على الطائرة. دعوت أن ينحشر البجع في التوربينات، وأن يتكاثف الثلج فوق الجناحين أو تتطاير المسامير، وبينما الطائرة تقلع، وهي مندفعة على الممر وقد ارتفعت ثنيتا جناحيها، ومقاعدنا في وضع قائم وكل متاعنا في خزانات المتاع فوق الرؤوس، ونهاية الممر تركض لتلقانا، كنت أدعو الله أن يحدث ارتطام.

تصحو في لاف فيلد.

وفي كابينة العرض ـ لو كانت دار العرض قديمة ـ يجري تايلر تبديل البكرتين. مع التبديل يكون لديك جهازا عرض في الكابينة وأحدهما يعمل.

أعرف هذا لأن تايلر يعرف هذا.

ويتم تعبئة بكرة الفيلم التالية في جهاز العرض الثاني. أكثر الأفلام تتكون من ست أو سبع بكرات صغيرة تعرض بترتيب معين. دور العرض الحديثة تضع كل البكرات معًا في بكرة قطرها خمس أقدام. هكذا لا تحتاج إلى استخدام آلتي عرض وتبديل الفيلم. البكرة الأولى، انقل، البكرة الثانية، البكرة الثالثة على آلة العرض الأولى.

تصحو في سي تاك.

أدرس صور الناس في المطوية الخاصة بمقعدي. امرأة تطفو في المحيط، وشعرها البني ينتشر خلفها، تضم وسادة المقعد إلى صدرها، وعيناها واسعتان، لكنها لا تبتسم أو تقطب. وفي صورة

أخرى أناس هادئون كأبقار الهندوس، يمدون أيديهم من مقاعدهم إلى أقنعة الأكسجين المعلقة من السقف.

لا بد أن هذا وضع طوارئ.

آه.

لقد حدث فقدان لضغط الطائرة.

تصحو في ويلو ران.

دار عرض قديمة، دار عرض جديدة. كي ينقل تايلر الفيلم إلى دار عرض جديدة عليه أن يقسمه إلى بكراته الست الأصلية. توضع البكرات الصغيرة في زوج من الحقائب المسدسة المعدنية. كل حقيبة لها مقبض في أعلاها. ارفع واحدة إلى أعلى ولسوف تنخلع كتفك فهي ثقيلة إلى هذا الحد.

تايلر ساقٍ في مطعم. يخدم على الموائد في فندق في قلب المدينة، وهو عامل عرض يعمل مع اتحاد عمال العرض السينمائي. لا أعرف كم من الوقت عمل في تلك الليالي التي لم أكن أنام فيها.

في دور العرض القديمة التي تعرض فيلمًا على جهازي عرض، يجب على العامل أن يستعد لتغيير آلة العرض في الوقت المناسب، حتى لا يشعر الجمهور بالفارق حين تنتهي بكرة وتبدأ أخرى. يجب أن تراقب النقط البيضاء في أعلى الشاشة. الركن الأيمن منها. هذا هو الإنذار. راقب الفيلم ولسوف ترى نقطتين في نهاية البكرة.

يسمونها «حروق سجائر» في تلك المهنة.

الأولى هي إنذار بدقيقتين. هنا تشغل الجهاز الثاني، حتى يكتسب السرعة.

النقطة الثانية هي إنذار بخمس ثوانٍ. إثارة. أنت تقف بين جهازي عرض، والكابينة حارة بسبب مصابيح «الزينون» التي لو نظرت إليها مباشرة لعميت. أول نقطة تظهر. الصوت يأتي من مكبر صوت عالٍ خلف الشاشة. داخل كابينة العرض لا يصل الصوت، لأن صوت العجلة المسننة يبدو كطلقات البندقية الآلية. وهي تدير الفيلم بسرعة ست أقدام في الثانية، عشرة كادرات في القدم، ستين كادرًا في الثانية. الآن وقد دار جهازا العرض تقف بينهما ممسكًا برافعة الغلق لكليهما. أجهزة العرض القديمة تريك إنذارًا على البكرة.

وحتى بعد عرض الفيلم في التلفزيون تظل نقاط الإنذار عليه. حتى على أفلام الطائرات.

عند نهاية البكرة تصير بكرة التلقيم أكثر سرعة حتى يبدأ الإنذار يدق بأن تغييرًا صار وشيكًا.

الظلام حار جدًّا من المصابيح داخل آلتي العرض، والإنذار يدق. قف هناك بين جهازي العرض، وراقب ركن الشاشة. تظهر النقطة الثانية. عد لخمسة. أغلق أحد الغالقين وافتح الآخر.

تم التغيير.
ويستمر الفيلم.
لم يفطن أي من المشاهدين لشيء.
ويمارس عامل العرض أشياء كثيرة لا يفترض منه القيام بها. ليست كل آلة عرض بإنذار. وهكذا تصحو أحيانًا من نومك في البيت مذعورًا، شاعرًا بأنك نمت في الكابينة ونسيت تغيير البكرتين.

سوف يلعنك الجمهور. لقد دمرت الحلم السينمائي الذي كانوا يرونه ولسوف يتصل المدير بالاتحاد.

تصحو في كريسي فيلد.

سحر السفر في كل مكان أذهب إليه، حياة صغيرة. أقصد الفندق. صابون صغير، شامبو صغير، قطعة زبد لواحد، معجون صغير وفرشاة تستعمل مرة واحدة. اجلس في مقعد الطائرة. المشكلة هي أن كتفيك كبيرتان جدًا. ساقاك الخاصتان بأليس في بلاد العجائب قد صار طولهما أميالًا فجأة حتى إنهما تلمسان الجالس أمامك. يصل العشاء؛ قطعة من الدجاج كأنها نموذج يتدرب عليه هواة الطهي. نوع من ألعاب التجميع يبقيك منهمكًا.

لقد أضاء الطيار علامة ربط الحزام، ولسوف نطلب منك ألا تمشي في القمرة.

تصحو في ميجز فيلد.

أحيانًا يصحو تايلر في الظلام، شاعرًا بالرعب من أن يكون قد أضاع تغيير البكرة، أو أن الفيلم انقطع أو تحرك حتى راحت التروس تصنع صفًا من الثقوب في مجرى الصوت.

عندما يدور الفيلم على قرص التروس، يضيء المصباح عبر مجرى الصوت وبدلًا من سماع الكلام تسمع صوت مروحة هليكوبتر واب واب واب، بينما تخرج كل حزمة ضوء منفجرة من أحد الثقوب.

ما يجب ألا يفعله عامل العرض أيضًا هو هذا: تايلر يصنع شرائح ضوئية من أفضل كادرات في الفيلم. أول فيلم بدت فيه البطلة عارية الصدر كان للممثلة أنجي ديكنسون.

وعندما انتقل الفيلم من دور العرض الغربية إلى دور العرض الشرقية، كان المشهد العاري قد اختفى. عامل عرض سرق كادرًا، وعامل آخر سرق كادرًا. الجميع أراد أن تكون عنده شريحة عارية لأنجي ديكنسون. ثم ظهر البورنو في الأفلام وكون بعض عمال العرض هؤلاء مجموعات مذهلة.

تصحو في بوينج فيلد.

تصحو في مطار لوس أنجلوس.

كانت طائرتنا الليلة شبه خاوية، لذا خذ راحتك كي تفرد مساند الأذرع وتتمدد، واثنِ ركبتيك وخصرك، وأرح ذراعيك على ثلاثة مقاعد. أضبط ساعتي على ساعتين مبكرتين أو ثلاث ساعات متأخرة. حسب توقيت المحيط الهادئ أو الجبلي أو المركزي أو التوقيت الشرقي. افقد ساعة ثم ساعة.

تلك حياتك وأنت تفقدها دقيقة في كل مرة.

تصحو في كليفلاند هوبكنز.

تصحو في سي تاك من جديد.

أنت عامل عرض وأنت متعب غاضب، لكن الأهم أنك تشعر بالملل. لذا تأخذ كادرًا عاريًا جمعه عامل آخر تجده مخبأً في كابينة العرض، ثم توصل هذا الكادر الذي يظهر عضوًا ذكريًا محتقنًا أو عضوًا أنثويًا متثائبًا في لقطة قريبة، وتلحمه بفيلم روائي آخر.

هذا الفيلم يحكي عن واحدة من مغامرات الحيوانات الأليفة حين يترك القط والكلب وحدهما، وقد سافرت الأسرة، وعليهما أن يجدا طريق العودة. في البكرة الثالثة بمجرد أن يأكل القط والكلبـ

اللذان يتكلمان ولهما صوتان بشريان ـ علبة القمامة يظهر انتصاب للحظة من الثانية.

تايلر يفعل هذا.

كادر واحد في فيلم على الشاشة معناه ١ على ١٦ من الثانية. قسِّم الثانية إلى ستة عشر جزءًا. هذه هي الفترة التي يبقاها الانتصاب يطل أحمر شنيعًا من ارتفاع شاهق فوق الجمهور الذي يتسلى بأكل الفشار، لكن لا أحد يراه.

تصحو في لوجان من جديد.

هذه طريقة شنيعة للسفر. أذهب لاجتماعات لا يريد رئيسي أن يحضرها، آخذ مذكرات. سأعود إليك.

أيًّا كنت سأكون هناك لأجرب الوصفة، سأبقي الأمر سرًّا.

إنها حسبة بسيطة.

مشكلة في شكل قصة.

لو غادرت سيارة جديدة صنعتها شركتي شيكاغو متجهة غربًا بسرعة ٦٠ ميلًا في الساعة، ثم حدث لها حادث وتهشمت واحترقت، وقد سجن الجميع داخلها، فهل تستردها شركتي من الأسواق؟

خذ عدد السيارات في السوق «أ» واضربه في معدل الفشل «ب»، ثم اضرب النتيجة في متوسط تكلفة التسوية خارج المحكمة «ج».

أ × ب × ج = س. هذا هو ما نخسره لو لم نسترد السيارة.

لو كانت «س» أكثر من تكلفة الاسترداد، نسترد السيارة ولا يصاب أحد بأذى.

أما لو كانت «س» أقل فنحن لا نستردها.

في كل مكان أذهب إليه أجد الهيكل المتفحم لسيارة ينتظرني. أعرف مكان كل هيكل. اعتبر هذا سر مهنتي.

موعد الفندق. طعام مطاعم. في كل مكان أذهب إليه أعقد صداقات صغيرة مع الناس الجالسين بجواري من لوجان إلى كريسي إلى ويلو ران.

أنا منسق حملات استرداد. هكذا أخبر الصديق الجالس جواري، لكنني أشق طريقي إلى أن أصير غاسل أطباق.

تصحو في مطار أوهار من جديد.

لقد لحم تايلر لقطة عضو ذكري في كل فيلم بعد هذا. عادة تكون لقطة مقربة أو هي لقطة لعضو أنثوي. أربع قصص طويلة، وارتفاع في ضغط الدم إذ ترقص سندريلا مع الأمير الجميل، والناس يراقبون. لم يشك أحد. كان الناس يشربون ويأكلون لكن الليل كان يختلف. في المساء يشعر الناس بالغثيان أو يبكون ولا يعرفون السبب. فقط يستطيع عصفور طنان أن يضبط تايلر وهو يعمل.

تصحو في مطار جي إف كي.

أذوب وأنتفخ لحظة الهبوط، حين تلمس عجلة واحدة المهبط، وتتصلب الطائرة حيرى بين قرار أن تصحح وضعها أو تنقلب. انظر إلى النجوم ولسوف تضيع. متاعك لا يهم، لا شيء يهم. ولا حتى رائحة البخر من أنفاسك. النوافذ مظلمة بالخارج والمحركات التوربينية تزأر. القمرة تميل بزاوية خاطئة تحت زئير التوربينات. لن تحتاج بعد اليوم إلى تقديم مذكرة بنفقات السفر. الإيصالات مطلوبة لأي مبلغ يتجاوز ٢٥ دولارًا. لن تحلق شعرك ثانية.

ضربة مكتومة أخرى وتصطدم العجلة الثانية بالأسفلت. الصوت المتقطع لمائة قفل حزام أمان يفتح، وصديقك الذي يصلح للاستعمال مرة واحدة، والذي كدت تموت جواره يقول: «آمل أن تنجز مهمتك».

«نعم، وأنا كذلك».

هذا هو طول لحظتك. وتعود الحياة إلى مسارها.

بطريقة ما وعن طريق المصادفة قابلت تايلر.

كان هذا وقت الإجازة.

تصحو في مطار لوس أنجلوس.

مرة أخرى.

قابلت تايلر حين قصدت شاطئ عراة. كان هذا في نهاية الصيف بالضبط، وكنت نائمًا. كان تايلر عاريًا مبللًا بالعرق خشنًا من الرمال. شعره مبتل على شكل خيوط يتدلى على وجهه.

لقد جاء هنا كثيرًا قبل لقائنا.

وكان يسحب بقايا خشب من بين الأمواج ويجرها على الشاطئ، وفي الرمال الرطبة زرع نصف دائرة من ألواح الخشب على بعد بوصات عن بعضها. كانت هناك أربعة ألواح. وحين صحوت رأيته يخرج لوحًا خامسًا من الماء. حفر حفرة تحت أحد طرفي اللوح، ثم رفعه ليسقط في الحفرة، ويقف مائلًا قليلًا.

تصحو على الشاطئ.

كنا الوحيدين على الشاطئ.

وبعصا رسم تايلر خطًّا مستقيمًا على الرمال على بعد عدة أقدام. ثم راح يثبت اللوح بوضع الرمال حول قاعدته.

كنت الشخص الوحيد الذي يرى هذا.

ثم صاح: «هل تعلم كم الساعة؟».

دائمًا ما ألبس ساعة.

سألته: «أين؟».

قال تايلر: «هنا، الآن».

كانت الساعة الرابعة وست دقائق بعد الظهر.

بعد قليل جلس متربعًا في ظل الألواح. جلس بضع دقائق ثم نهض وسبح في البحر. ارتدى تيشيرتًا وسروالًا وتأهب للانصراف.

كان عليَّ أن أسأل.

كان عليَّ أن أعرف ماذا كان يفعل وأنا نائم.

لو استطعت أن أصحو في مكان مختلف وفي وقت مختلف، فهل بوسعي أن أصحو كشخص مختلف؟

سألته إن كان فنانًا.

هز تايلر كتفه وشرح لي كيف أن خمسة الألواح تتسع قرب القاعدة. أراني الخط الذي رسمه على الرمال وكيف يستخدمه ليقيس به الظل الذي يرميه كل لوح.

أحيانًا تنهض وتريد أن تتساءل أين أنت.

ما صنعه تايلر كان ظلًّا ليد عملاقة. فقط كانت الأصابع طويلة كأصابع «نوسفيراتو» مصاص الدماء، لكن الإبهام كانت قصيرة، إلا أنه قال لي كيف أنه في الساعة الرابعة وثلاثين دقيقة سيصير ظل اليد متقنًا. ظل الظل العملاق متقنًا لدقيقة واحدة، ولدقيقة واحدة جلس تايلر في راحة الظل الذي صنعه بنفسه.

تصحو فتجد أنك في لا مكان.

دقيقة كانت كافية ـ هكذا قال تايلر ـ صحيح أن على المرء أن يعمل جاهدًا من أجلها، لكن دقيقة من الكمال تستحق الجهد. لحظة هي أكثر ما تحلم بالحصول عليه من الكمال.

تصحو، وهذا كافٍ.

كان اسمه تايلر دردن، وكان عامل عرض سينمائي لدى الاتحاد، وكان كذلك ساقيًا في فندق في وسط المدينة، وأعطاني رقم هاتفه. هكذا التقينا.

٤

كل طفيليات المخ المعتادة هنا الليلة. دائمًا ما تعقد مجموعة «ما فوق وما وراء» اجتماعًا هنا. هذا هو بيتر، هذا هو ألدو. لنقدم بعضنا. هذه مارلا سينجر، وهي معنا لأول مرة. مرحبًا مارلا!

في «ما فوق وما وراء» نبدأ بالمحادثات التمهيدية. هذه المجموعة لا تدعى «طفيليات المخ». لن تسمع أحدًا يقول «طفيليات». الكل في خير حال دائمًا. إنه ذلك العقار الجديد. برغم هذا تجد في كل مكان ذلك الحول المصاحب لصداع خمسة أيام. امرأة تمسح دموعًا لا تتحكم فيها. كل واحد يضع بطاقة باسمه، والناس الذين تقابلهم كل ليلة ثلاثاء منذ عام. جاءوا من أجلك. مصافحات وأعينهم على بطاقة اسمك.

لا أصدق أننا التقينا.

لا أحد يقول طفيل بل يقولون العامل.

لا يقولون شفاء بل يقولون علاج!

في أثناء المحادثة يحكي أحدهم كيف انتشر العامل في نخاعه

٣٧

الشوكي، وهنا يفقد التحكم في يده اليسرى فجأة. يقول أحدهم إن العامل قد جفف بطانة مخه لذا شد المخ من موضعه مسببًا نوبات التشنج.

آخر مرة كنت فيها هناك أخبرتني المرأة التي تدعى كلوي بأفضل أخبار لديها. وقفت على قدميها مستندة إلى مسندي المقعد وأعلنت أنها لم تعد تخاف الموت.

الليلة بعد التعارف تقول فتاة لا أعرفها تحمل بطاقة باسم جلندا إنها أخت كلوي، وإنه في الثانية من صباح الثلاثاء ماتت كلوي أخيرًا. أوه! لا بد أن هذا لذيذ. لقد ظلت تبكي بين ذراعي طيلة عامين في أثناء العناق، والآن هي ميتة، ميتة على الأرض، ميتة في وعاء لحفظ الرماد، ميتة في ضريح، في قبو لحفظ أوعية الرماد. الدليل على أنك في يوم تجهد نفسك في التفكير، وفي اليوم التالي أنت سماد بارد للأرض. مأدبة للديدان. هذه هي معجزة الموت المذهلة، ولا بد أنه شيء لذيذ لو لم تكن تلك الفتاة هنا.

مارلا.

ومارلا تنظر إليَّ من بين كل مرضى طفيليات المخ.

كاذب.

مُزيِّفة.

مارلا الكاذبة. بل أنت الكاذب! كل واحد هنا سوف يرتجف، يسقط على الأرض وهو يعوي، ويتحول موضع العورة في سرواله الجينز إلى الأزرق الداكن.

خلف كل باب من سبعة الأبواب. الباب الأخضر، الباب

البرتقالي. تقف مارلا. الباب الأزرق. مارلا تقف هناك. كذاب. في رحلة التأمل أبحث عن حيواني الذي أستمد منه القوة، حيواني هو مارلا. تدخن لفافة تبغها وتقلب عينيها. كذاب. شعر أسود وشفتان ممتلئتان كوسادة. كذاب. شفتان صنعتا من جلد أريكة إيطالية. لن تستطيع الفرار!

كلوي كانت هي المادة الأصيلة.

كلوي كانت تبدو كهيكل جوني ميتشيل[1] لو جعلته يبتسم ويمشي في حفل متوددًا للجميع. تخيل كلوي بحجمها الذي يشبه حجم حشرة، تركض عبر قاعات أحشائها الداخلية في الثانية صباحًا. نبضها صفارة إنذار تعلن: استعدي للموت خلال عشر، ثماني ثوانٍ. يبدأ الموت بعد سبع، ست...

في الليل تركض كلوي في متاهة أوردتها التي بدأت تفرغ من الدم، والأنابيب المتفجرة التي يخرج منها السائل اللمفاوي الساخن. تنتفخ الخراريج في الأنسجة المحيطة بها كلآلئ بيضاء.

صفارة الإنذار تعلن: استعدي لتفقدي التحكم في أمعائك بعد عشر ثوانٍ، تسع، ثمانٍ، سبع.

استعدي لتفرغي روحك بعد عشر ثوانٍ، تسع، ثمانٍ.

كلوي مغمورة حتى كاحلها بالسائل الخارج من كليتيها التالفتين. يبدأ الموت خلال خمس.

خمس، أربع.

____

(1) مطربة بوب شهيرة ونحيلة جدًا. (المترجم).

من حولها بدأت الطفيليات تدهن قلبها بلونها الخاص.

أربع، ثلاث.

ثلاث، ثانيتين.

تتسلق كلوي بيديها فوق البطانة المجعدة لحلقها.

الموت يبدأ بعد ثلاث، ثانيتين.

ضوء القمر يسطع عبر الفم المفتوح.

استعدي لآخر نفس الآن.

أفرغي.

الآن.

تخلصت الروح من الجسد.

الآن.

يبدأ الموت.

الآن.

آه، لا بد أن هذا لذيذ! تذكرت دفء كلوي واضطرابها بين ذراعي، وتذكرت كلوي الميتة في مكان ما.

لكن لا. مارلا تراقبني!

في أثناء التأمل الموجه أفتح ذراعي كي أستقبل الطفل الذي بداخلي. لكن الطفل هو مارلا. تدخن لفافة تبغها. لا كرة بيضاء شافية. كذاب. لا شاكرا. تصور الشاكرا الخاصة بك تتفتح كالوردة، وفي المركز انفجار بالسرعة البطيئة لضوء عذب.

كذاب.

تبقى الشاكرا مغلقة.

وحين ينتهي التأمل يكون الجميع ممددين، ويساعد كل منا الآخر على أن ينهض على قدميه. فقد جاء وقت التلامس الجسدي العلاجي. من أجل العناق أعبر الغرفة لأقف أمام مارلا التي تنظر إلى وجهي، بينما أنا أرقب الجميع منتظرًا إشارة البدء.

هلموا. إشارة البدء. احتضن شخصًا بقربك.

تلتف ذراعاي حول مارلا.

اختر شخصًا مهمًّا لك الليلة.

يدا مارلا بلفافة التبغ في خصرها.

قل لهذا الشخص ما تحس به.

مارلا ليست مصابة بسرطان الخصية، مارلا ليست مصابة بالدرن، هي لا تحتضر. بالنسبة إلى تلك الفلسفة المتحذلقة نحن جميعًا نحتضر، لكن مارلا لا تحتضر بالطريقة التي احتضرت بها كلوي.

أعطِ نفسك.

مارلا، ما رأيك بهذا الآن؟

أعطِ نفسك بالكامل.

اخرجي يا مارلا، اخرجي، اخرجي.

ابكِ لو أردت.

تنظر إليَّ مارلا. عيناها بنيتان وشحمتا أذنيها تتجعدان حول ثقب القرط. لا قرط! شفتاها مكسوتان بالجلد الميت.

هلموا اصرخوا.

تقول لي: «أنت كذلك لا تحتضر!».

حولنا الناس يبكون ويحتضنون بعضهم.

«لو فضحت أمري لفضحت أمرك».

ثم نتفق على أن نقسم الأسبوع. يمكنها أن تأخذ مجموعات أمراض العظام وطفيليات المخ والدرن، وأنا سأبقي سرطان الخصية وطفيليات الدم وعته المخ العضوي.

تسألني مارلا: «وماذا عن سرطان القولون الصاعد؟».

إنها بارعة وتحفظ درسها جيدًا.

سوف نقسم مجموعة «سرطان القولون الصاعد». ستكون لها أول وثالث أحد من كل شهر.

تقول: «لا!». هي تريد كل شيء لها. كل السرطانات لها. وتضيق عيناها. لم تحلم قَطُّ بأن تستمتع إلى هذا الحد، لقد عادت إلى الحياة. لقد استعاد جلدها رونقه. لم ترَ شخصًا ميتًا طيلة حياتها. فلا معنى للحياة لأنها لا تستطيع أن تعقد مقارنة بين حياتها وشيء آخر. والآن كل هذا الموت والحزن والبكاء. يمكنها الآن أن تحب حياتها. لهذا لن تترك أي مجموعة.

تقول مارلا: «اعتدت أن أعمل عند حانوتي لأشعر بالرضا، لكن الجنازات لا تقارن بهذا. الجنازات احتفال تجريدي رمزي بينما هنا لديك خبرة الموت الحقيقية».

الآخرون حولنا يجففون الدموع ويربتون على ظهور بعضهم.

أقول لها إنه ليس بوسعنا أن نأتي معًا.

«إذن لا تأتِ أنت!».

أنا بحاجة إلى هذا.

«إذن اذهب إلى الجنازات».

الآن تخلى كل واحد عن رفيقه وتماسكت الأيدي للصلاة. أبتعد عن مارلا.

«كم لك من الوقت هنا؟».

الصلاة الختامية.

عامين.

رجل بين المصلين يأخذ بيدي، ورجل آخر يأخذ بيد مارلا. تبدأ هذه الصلوات. باركنا يا رب، باركنا في غضبنا وخوفنا.

تميل مارلا برأسها نحوي وتسأل: «عامان؟».

باركنا وتمسك بنا.

كل من لاحظني خلال هذين العامين قد مات أو شفي ولم يعد قَطُّ.

تقول مارلا: «حسنٌ، حسنٌ. لتأخذ أنت سرطان الخصية».

بوب الضخم يبكي فوقي طيلة الوقت. شكرًا.

اهدنا لقدرنا، أعطنا السلام.

«عفوًا!».

هكذا قابلت مارلا.

٥

شرح لي رجل مهمات الأمن كل شيء.

يمكن للمتعاملين مع الحقائب أن يتجاهلوا صوت «التكتكة» الصادر من الحقيبة. كان يطلق على المتعاملين مع الحقائب اسم «القاذفون». إن القنابل الجديدة لا تحدث تكتكة، لكن مع حقيبة تهتز فلا بد أن يبلغ القاذفون الشرطة.

وكان سبب انتقالي لأقيم مع تايلر هو أن أكثر خطوط الطيران تتعامل بذات السياسة مع الحقائب الهزازة.

لدى عودتي من دلاس كان كل شيء معي في حقيبة واحدة، فحين تسافر كثيرًا تتعلم أن تحزم نفس الأشياء في كل رحلة. ستة قمصان بيضاء، سروالان أسودان. الحد الأدنى لما تحتاج إليه كي تظل حيًّا.

منبه للسفر.

آلة حلاقة كهربية بالبطارية.

فرشاة أسنان.

ستة سراويل داخلية.

ستة أزواج جوارب سوداء.

تبين أن حقيبتي تهتز لدى مغادرتي دلاس، لذا أخذها رجال الأمن في المطار. كل شيء كان في تلك الحقيبة بما فيه لوازم عدساتي الملتصقة، وربطة عنق حمراء بأشرطة زرقاء، وربطة عنق حمراء سادة.

هذه القائمة معلقة دومًا على باب غرفة نومي في البيت.

وبيتي كان شقة مشتركة في الطابق الخامس عشر. نوع من المعرض الذي يحتفظون فيه بالأرامل والموظفين الصغار. نشرة البيع كانت تعدك بطبقة سمكها قدم من الخرسانة في السقف والجدار تفصلك عن أي تلفزيون مفتوح أو ستريو عالٍ. كذلك أنت لا تستطيع فتح النافذة بحيث تتصاعد الروائح لتذكرك بآخر وجبة طهوتها، أو آخر رحلة قمت بها للحمام.

هناك مطبخ يذكرك بمحل القصاب، وهناك إضاءة خافتة.

برغم هذا طبقة الخرسانة هذه مهمة لأن جارك أو جارتك فقد البطارية في سماعة أذنه، ويريد سماع المباريات بأعلى صوت ممكن. أو حين يدوي انفجار بركاني هائل فيما كان من قبل أثاث غرفة معيشتك، وتطير النوافذ التي تمتد من السقف للأرضية، وتهبط لأسفل تاركة شقتك فقط، وقد تحولت إلى حفرة خرسانة منزوعة الأحشاء في مسقط البناية.

هذه الأشياء تحدث.

حتى مجموعتك من الأطباق المصنوعة يدويًا من الزجاج الأخضر، بكل ما عليها من فقاقيع وعيوب ورمال تشي بأنها صنعت بواسطة الأهالي الأصليين البسطاء شديدي الأمانة في مكان ما من

العالم. كل هذه الأطباق يطيرها الانفجار. تصور الستائر الممتدة من السقف للأرضية تنفجر وتتمزق في الريح الملتهبة.

خمسة عشر طابقًا فوق المدينة. تهوي هذه الأشياء مشتعلة فوق كل سيارة في الشارع.

بينما أنا أتجه غربًا نائمًا، بسرعة ٠,٨٣ ماخ أو ٤٤٥ ميلًا في الساعة. سرعة طيران حقيقية، وخبراء المفرقعات يتفحصون حقيبتي في ممر تم إخلاؤه في دلاس. يقول رجل مهمات الأمن إنه في كل تسع من عشر مرات، يتضح أن الاهتزاز ناجم عن آلة حلاقة كهربية. كانت تلك آلة حلاقتي التي تعمل بالبطارية. أحيانًا أخرى يتضح أنها عضو ذكري صناعي هزاز «ديلدو».

هذا ما أخبرني به رجل مهمات الأمن. كان هذا عندما وصلت دون حقيبتي، حيث كان عليَّ أن أرسلها بسيارة أجرة إلى البيت، وأجد أغطيتي الصوفية الممزقة على الأرض.

يقول رجل مهمات الأمن: تصور أن تخبر مسافرة لدى الوصول أن «الديلدو» قد جعلنا نحتجز أمتعتها في الساحل الشرقي. أحيانًا يكون هذا رجلًا. سياسة شركة الطيران ألا توحي بملكية الراكب لهذا «الديلدو». استعمل لفظة غير محددة.

قل: «ديلدو».

لا تقل: «الديلدو» الخاص بك.

لا تقل أبدًا: إن «الديلدو» قام بتشغيل نفسه، وأحدث حالة طوارئ احتاجت إلى إفراغ متاعك.

كان المطر يهطل حين صحوت كي أركب مواصلتي إلى ستابلتون.

كان المطر يهطل حين صحوت لرحلتي الأخيرة للوطن.

إعلان طلب منَّا أن ننتهز الفرصة ونتفقد مقاعدنا بحثًا عن أي متعلقات شخصية نسيناها خلفنا. ثم ذكر الإعلان اسمي. هلا تفضلت وقابلت ممثل شركة الطيران الذي ينتظر عند البوابات؟

أرجعت ساعتي ثلاث ساعات وبرغم هذا كان منتصف الليل قد مر.

هناك كان ممثل شركة الطيران عند البوابة، وكان هناك رجل مهمات الأمن ليقول لي: ها. لقد تسببت آلة حلاقتك الكهربية في أن يظل متاعك في دلاس. رجل مهمات الأمن يطلق على المتعاملين مع الحقائب اسم «القاذفون». ثم أطلق عليهم اسم «المشاغبون». وليبرهن لي على أن الأمور كان يمكن أن تكون أسوأ قال لي: على الأقل لم يكن هذا «ديلدو». وهنا ـ ربما لأنني رجل وهو رجل والساعة الواحدة صباحًا ـ وليجعلني أضحك، قال لي إن الاسم المتداول للمضيفة في أوساط المهنة هو «نادلة الفضاء» أو «فراش الجو». بدا لي كأن الرجل يلبس ثياب ربان: قميص أبيض وربطة عنق زرقاء ومقصبان على الكتفين. لقد تم إخلاء متاعي وسوف يصل غدًا.

سألني رجل مهمات الأمن عن اسمي ورقم هاتفي وعنواني، ثم سألني عن الفارق بين الواقي الذكري وقمرة قيادة الطائرة.

ثم قال: «أنت لا تستطيع أن تضع أكثر من عضو ذكري في الواقي الذكري الواحد».

ركبت سيارة أجرة للبيت بآخر عشرة دولارات معي.

آلة حلاقتي الكهربية ـ التي لم تكن قنبلة ـ تقع الآن على بعد ثلاث مناطق زمنية خلفي.

شيء كان قنبلة. قنبلة كبيرة قد نسفت منضدة القهوة المتقنة من طراز «نجورندا» الخاصة بي، التي تبدو كـ«ين» أخضر و«يانج» برتقالي يلتحمان كدائرة. لقد تحولت إلى شظايا الآن.

والأريكة من طراز «هاباراندا» ذات الأغطية البرتقالية، والتي صممتها إريكا بيكاري قد صارت حطامًا الآن.

لم أكن الضحية الوحيدة لغريزة بناء الأعشاش هذه. الأشخاص الذين أعرفهم والذين يحبون الجلوس في الحمام مع المجلات الخلاعية، الآن يجلسون في الحمام ومعهم كتالوج أثاث «إيكيا».

كلنا نملك ذات شيزلونج «يوهانشوف» بطرازه المخطط باللون الأخضر. الشيزلونج الخاص بي هوى محترقًا من خمسة عشر طابقًا، وسقط في نافورة.

كلنا نملك ذات المصابيح الورقية «ريزلامبا/ هار» المصنوعة من السلك وورق غير مبيض لا يؤذي البيئة. المصباح الخاص بي كان من نوع «كونفيتي».

كل هذا الجلوس في الحمام.

كل أدوات المائدة من نوع «آله» التي لا تتأثر بالتنظيف في غسالة الأطباق.

ساعة الردهة مصنوعة من الصلب المجلفن.

وحدة رف «كليبسك». آه حقًّا.

صناديق قبعات «هيمليج».

مجموعة لحاف «مومالا»، تصميم توماس هاريلا ومتوفرة بالألوان الآتية:

أوركيد.

فوشيا.

كوبالت.

أبنوس.

أسود حالك.

قشرة بيضة أو مبرقشة.

أفنيت عمري كله كي أبتاع هذه الأشياء.

أنت تبتاع الأثاث وتقول لنفسك إن هذه آخر أريكة أحتاج إليها في حياتي. ابتع الأريكة، وبعد عامين أنت راضٍ بأنه مهما حدث فعلى الأقل قد ظفرت بأريكتك. ثم طاقم الأطباق المناسب، ثم الفراش الأمثل، الستائر، البساط.

ثم تجد نفسك حبيس عشك المفضل، والأشياء التي اعتدت أن تمتلكها تمتلكك الآن.

إلى أن تعود من المطار.

يقف البواب خارج الظلال ليخبرك أن حادثًا وقع. كان رجال الشرطة هنا وسألوا الكثير من الأسئلة.

يعتقد رجال الشرطة أن الغاز الطبيعي هو السبب. ربما اشتعل لهب الفرن وربما كان هناك تسرب في الغاز. لقد ارتفع الغاز للسقف وملأ الشقة من السقف إلى الأرض في كل غرفة. كانت مساحتها ١٧٠٠ قدم مربعة ولها أسقف عالية، ولا بد أن الغاز تسرب حتى

امتلأت كل الغرف. وهنا اشتعل الضاغط (الكومبريسور) في قاع الثلاجة.

انفجار.

طارت النوافذ ذات الإطار المصنوع من الألومنيوم، واشتعلت الستائر والأريكة والمصابيح ودوريات المدرسة وشهادة الدبلوم والهاتف. كل شيء طار من الطابق الخامس عشر كأنه انفجار شمسي.

آه. ليست ثلاجتي! كنت قد كومت على الرفوف أنواعًا من المستردة وبعض الخمور الجيدة، وكان هناك أربعة عشر نوعًا من السلطة الخالية من الدهن، وسبعة أنواع من نبات القبَّار.

أعرف، أعرف. بيت ممتلئ بالمقبلات لكن لا يوجد فيه طعام حقيقي.

البواب يتمخط ويسقط شيء في منديله، فيتلقفه ببراعة لاعب البيسبول إذ يتلقى كرة في قفازه.

يقول البواب: بوسعك الصعود للطابق الخامس عشر، لكن لا أحد يمكنه دخول الوحدة. أوامر الشرطة. سأل رجال الشرطة عما إذا كانت لديَّ عشيقة قديمة قد تفعل شيئًا كهذا، أو لديَّ عداوة مع شخص يستطيع الحصول على ديناميت.

قال البواب: «ما كان الأمر ليستحق الصعود. لم تبقَ إلا الجدران الخرسانية».

لكن الشرطة لم تستبعد الحريق المتعمد. فلم يشم أحد رائحة الغاز. ويرفع البواب حاجبه. هذا الرجل يقضي يومه في مغازلة الخادمات والمربيات اللاتي يعملن في الشقق الكبيرة في الطابق

العلوي، وينتظرهن في مقعده بمدخل البناية حين ينهين عملهن. عشت هنا ثلاثة أعوام وما زال الرجل يجلس ليقرأ مجلة «إيلري كوين» كل ليلة، بينما أنا أنقل ما أحمله من يد ليد، كي أفتح باب البناية وأدخل.

يرفع البواب حاجبًا ويخبرني كيف أن الناس يسافرون في رحلات طويلة وينسون شمعة، شمعة طويلة جدًّا تحترق في دلو كبير من الجازولين. أناس عندهم مشكلات مالية يفعلون هذه الأشياء. أناس يرغبون في الخلاص من الفقر.

طلبت منه استعمال الهاتف في المدخل.

قال: «شباب كثيرون يحاولون التأثير في الناس ويبتاعون كثيرًا من الأشياء».

طلبت تايلر.

دق الهاتف في منزله المستأجر في بيبر ستريت.

آه أرجوك يا تايلر رد عليَّ!

ويدق الهاتف.

انحنى البواب على كتفي وقال: «كثير من الشباب لا يعرف ما يريد حقًّا».

آه. يا تايلر. أرجوك أن تنقذني!

ويدق الهاتف.

«شباب كثيرون يحسبون أنهم يحتاجون إلى العالم».

أنقذني من الأثاث السويدي.

أنقذني من الفن البارع.

ويدق الهاتف فيجيب تايلر.

قال البواب: «لو أنك لا تعرف ما تريد، تنتهِ بأشياء كثيرة لا تريدها».

فليحرم عليَّ الكمال.

فليحرم عليَّ الرضا.

فليحرم عليَّ الإتقان.

أنقذني يا تايلر من أن أصير مكتملًا أو متقنًا.

اتفقت مع تايلر على اللقاء في البار.

سألني البواب عن رقم هاتف يمكن للشرطة أن تطلبني فيه.

السماء ما زالت تمطر. سيارتي «الأودي» ما زالت تقف في الساحة.

التقيت تايلر وشربنا الكثير من الجعة. وقال لي تايلر إن بوسعي الانتقال للإقامة معه، لكن يجب أن أسدي إليه خدمة.

غدًا تصل حقيبة متاعي وفيها أقل ما يمكن: ستة قمصان، ستة أزواج من الثياب الداخلية.

هناك ـ بينما نحن ثملان في البار حيث لا يراقبنا ولا يعبأ بنا أحد ـ سألت تايلر عما يريده مني. فقال: «أريدك أن تضربني بأعنف ما تستطيع».

٦

شاشتان من العرض التجريبي الذي أعددته لشركة «مايكروسوفت». أشعر بمذاق الدم وأبدأ في ابتلاع ريقي. لا يعرف رئيسي موضوع العرض، لكنه لن يتركني أقدمه بعين سوداء ونصف وجهي منتفخ بسبب الغرز الجراحية داخل خدي. لقد بدأت الخياطة تتراخى وأشعر بها بطرف لساني داخل خدي. تظهر الصورة حبل صيد سمك على الشاطئ. أتخيل الخياطة كغرز سوداء على ظهر كلب بعد علاجه. وأبتلع المزيد من الدم. يقوم رئيسي بتقديم موضوعي وأقوم أنا بتشغيل جهاز العرض المتصل باللاب توب، لهذا أنا في ركن الغرفة في الظلام.

شفتاي ملتصقتان بالدم وأنا أحاول أن ألعقه، وحين تعود الأضواء سوف أستدير إلى المستشارين إلين ووالتر ونوربيرت وليندا من شركة «مايكروسوفت» وأقول شكرًا على مجيئكم. بينما فمي يلتمع بالدم، والدم ينساب في الشقوق بين أسناني.

يمكنك أن تبتلع مقدارًا من الدم قبل أن يصيبك الغثيان.

نادي القتال غدًا وأنا لن أفوت نادي القتال.

٥٣

قبل تقديم العرض يبتسم والتر من شركة «مايكروسوفت» بفكه العملاق الشبيه بالمجرفة، والذي يذكرك لونه بقطعة من البطاطس المشوية. يصافحني بيده ذات الخاتم العملاق فتلتف كفه الناعمة الملساء على يدي، ويقول: «أكره أن أرى ما حدث للشخص الآخر في المشاجرة».

أول قاعدة لنادي القتال هي أنك لا تتكلم عن نادي القتال.

أخبر والتر أنني تعثرت فسقطت وجرحت نفسي.

وقبل العرض التقديمي إذ أجلس مواجهًا لرئيسي، أخبره أين تبدأ كل شريحة في النص، وحين أردت أن أشغل الجزء المعد للفيديو، يقول رئيسي: «فيمَ تتورط في نهاية كل أسبوع؟».

أقول إنني لا أريد أن أموت من دون بعض الندوب. لم يعد ذا جدوى أن تملك جسدًا جميلًا خاليًا من العيوب. أنت ترى السيارات الخارجة من معرض التاجر عام ١٩٥٥، وكنت أفكر دومًا، يا لها من خسارة!

ثاني قاعدة لنادي القتال هي أنك لا تتكلم عن نادي القتال.

ربما في أثناء الغداء يأتي الساقي إلى منضدتك، والساقي له عينا دب «باندا» عملاق من كثرة السواد حولهما بسبب نادي القتال في عطلة الأسبوع الماضي. لقد رأيت رأسه محشورًا بين الأرض الخرسانية وركبة فتى يزن مائتي رطل، راح يدق بقبضته فوق قنطرة أنف الساقي مرارًا ومرارًا، وصوت ارتطام رأسه يرتفع أعلى من كل الصراخ، إلى أن بصق الساقي دمًا ليقول: كفى!

أنت لا تقول شيئًا لأن نادي القتال يوجد فقط في تلك الساعات ما بين بدئه وانتهائه.

لقد رأيت الفتى الذي يعمل في مركز نسخ المستندات، الذي ينسى أن يثقب الطلبات أو يضع قصاصات ملونة بين رزم النسخ، لكن هذا الفتى كان كالآلهة لمدة عشر دقائق. حين رأيته يوسع أحد المحاسبين الذين يفوقونه في الحجم مرتين ركلًا، ثم يهوي على الرجل ويقيده حتى اضطر إلى التوقف. هذه هي القاعدة الثالثة لنادي القتال: حين يصرخ أحدهم طالبًا التوقف أو يعجز عن الدفاع عن نفسه ـ حتى لو كان يصطنع هذا ـ فالقتال ينتهي. كلما قابلت هذا الفتى لا تستطيع أن تهنئه بالقتال الرائع الذي خاضه.

رجلان فقط لكل معركة. معركة واحدة في كل مرة. يقاتلان من دون أحذية أو قمصان. وتستمر المعارك ما دامت يجب أن تستمر. هذه قواعد نادي القتال.

وكينونة هؤلاء القوم في العالم الحقيقي تختلف تمامًا عن كينونتهم في نادي القتال. حتى لو أخبرت الفتى في مركز نسخ الأوراق أنه قاتل جيدًا، فأنت لا تتكلم مع الرجل نفسه.

في نادي القتال أكون شخصًا آخر لن يتعرف عليه رئيسي.

بعد ليلة في نادي القتال تشعر بأن هناك مَن خفض صوت العالم الحقيقي. لا يستطيع أحد أن يضايقك. كلماتك قانون، ولو خرق الآخرون هذا القانون فهذا لن يضايقك.

في العالم الحقيقي أنا منسق حملات استرداد المنتجات، ألبس قميصًا وربطة عنق. أجلس في الظلام بفم ممتلئ بالدم، أبدل الشرائح بينما رئيسي يخبر «مايكروسوفت» كيف اختار اللون الأزرق العنبري الباهت كأيقونة.

كان أول نادي قتال يتكون مني وتايلر نتبادل اللكمات.

كان يكفيني في السابق حين أعود إلى داري غاضبًا شاعرًا بالفشل أن أنظف شقتي أو أعتني بسيارتي. يومًا ما سأموت دون ندبة لكن سأترك خلفي شقة جميلة وسيارة. إلى أن يأتي المالك الجديد. لا شيء يبقى ثابتًا. وحتى «الموناليزا» تتهاوى. منذ عرفت نادي القتال صار نصف عدد الأسنان في فمي قابلًا للخلخلة!

لم يعرف تايلر أباه قَطُّ.

ربما كان التدمير الذاتي هو الإجابة.

ما زلت وتايلر نذهب إلى نادي القتال معًا. إنه يقع في قبو بار. وبعدما يغلق البار في ليلة السبت، تذهب هناك لتجد أشخاصًا آخرين. يقف تايلر تحت الضوء الوحيد في وسط القبو المبطن بخرسانة سوداء، ويرى الضوء يتوهج في مائة زوج من الأعين في الظلام.

أول ما يقوله تايلر هو: «القاعدة الأولى لنادي القتال هي لا تتكلم عن نادي القتال».

«القاعدة الثانية لنادي القتال»، يصرخ تايلر، «القاعدة الثانية لنادي القتال هي لا تتكلم عن نادي القتال».

أنا عرفت أبي ستة أعوام، لكن لا أذكر أي شيء. كان أبي يكون أسرة جديدة في مدينة جديدة كل ستة أعوام. بهذا الشكل لا تشعر بأنه يتعامل مع أسرة بل مع توكيل تجاري مميز.

ما تراه في نادي القتال هو جيل من الرجال ربته النساء.

تايلر يقف تحت الضوء الوحيد في ظلام ما بعد منتصف الليل في

قبو ممتلئ بالرجال ويستعرض باقي القوانين: رجلان لكل معركة. معركة واحدة في كل مرة. لا أحذية ولا قمصان. المعارك تستمر ما دامت يجب أن تستمر.

يقول تايلر: «القاعدة السابعة هي لو كانت هذه المعركة الأولى لك في نادي القتال، فعليك أن تقاتل».

نادي القتال ليس مباراة كرة قدم في التلفزيون. لا تشاهد رجالًا لا تعرفهم عبر العالم يضربون بعضهم على القمر الصناعي، مع تأخير دقيقتين في البث. وإعلانات عن البيرة كل عشر دقائق، ولحظة فاصل للتعريف بالقناة. بعدما تنضم إلى نادي القتال تصير مشاهدة المباريات في التلفزيون كأنها مشاهدة أفلام جنسية بينما بوسعك الاستمتاع بجنس ممتاز.

سيصير نادي القتال سببًا لذهابك إلى صالة التدريب وحلق شعرك وتقليم أظفارك. إن صالات التدريب التي ستقصدها ممتلئة بأشخاص يحاولون أن يبدوا كرجال. كأنك كي تكون رجلًا يجب أن تبدو كما يريد النحات أو مدرس الفنون.

وكما يقول تايلر حتى صوت استنشاقك الهواء يصير متضخمًا. لم يذهب أبي للكلية لذا كان من المهم له أن أذهب للكلية. بعد الكلية اتصلت به وسألته ماذا بعد؟

لم يعرف!

وحين وجدت الوظيفة وبلغت الخامسة والعشرين اتصلت به، وسألته ماذا بعد؟ فلم يعرف! لذا قال لي أن أتزوج.

أنا الآن في الثلاثين وأتساءل عما إذا كانت امرأة أخرى هي الإجابة التي أبحث عنها.

ما يحدث في نادي القتال لا يمكن التعبير عنه بكلمات. بعض الناس يريدون قتالًا كل أسبوع. هذا الأسبوع قال تايلر إنه سيسمح بدخول أول خمسين شخصًا ولا مزيد.

الأسبوع الماضي كنت وشاب آخر على قائمة القتال. لا بد أنه قضى أسبوعًا سيئًا لأنه وضع ذراعي خلف رأسي، وراح يضرب وجهي في الأرض الخرسانية حتى مزقت أسناني خدي من الداخل، وانتفخت عيناي. حتى قلت: توقف، ونظرت إلى أسفل لأرى طبعة بالدم من وجهي على الأرض.

وقف تايلر أمامي وكلانا ننظر إلى حرف O الكبير الذي صنعه فمي والدم يسيل منه، وشق عيني ينظر إليَّ من على الأرض، فيقول تايلر: «جميل».

أصافح الفتى وأقول: قتال جيد.

يقول الفتى: «ماذا عن الأسبوع المقبل؟».

أحاول الابتسام برغم كل الانتفاخ في وجهي، وأقول: انظر إليَّ. ماذا عن الشهر المقبل؟

أنت لا تشعر بالحياة أبدًا كما تشعر بها في نادي القتال، حين تقف أنت والآخر تحت ذلك الضوء الوحيد وسط المشاهدين. نادي القتال لا يهتم بربح أو خسارة المباريات. نادي القتال لا يهتم بالكلمات. ترى رجلًا يأتي إلى نادي القتال للمرة الأولى، ومؤخرته كأنها رغيف من الخبز الأبيض. فلترَ هذا الرجل نفسه بعد ستة أشهر، سوف تراه

كأنما هو منحوت من الخشب. إنه يثق بنفسه وقدرته على أن يتولى كل شيء. هناك لهاث وصخب في نادي القتال كأنك في صالة تدريب، لكن نادي القتال لا يعبأ بالمظهر الجميل. وحين تصحو ظهر الأحد تشعر بأن خلاصك قد تم.

بعد ليلتي الأخيرة، مسح الرجل الذي كان يقاتلني الأرض، بينما طلبت أنا شركة التأمين لأطلب ذهابي إلى غرفة الطوارئ. في المستشفى أخبرهم تايلر أنني سقطت على الأرض.

أحيانًا يتكلم تايلر عني.

وفي الخارج تشرق الشمس.

أنت لا تتكلم عن نادي القتال لأنه لا وجود له، ما عدا خمس ساعات من الثانية حتى السابعة صباح الأحد.

حين ابتكرنا نادي القتال لم أكن أو تايلر قد دخلنا أي معركة من قبل. إن لم تَرَ معركة من قبل فإنك تتساءل. تتساءل عن الأذى، عما تستطيع عمله إزاء رجل آخر. كنت أنا أول من شعر تايلر بالأمان وهو يسأله، وكنا ثملين في البار حيث لا يعبأ أحد بما نقول. قال لي تايلر: «أريد منك خدمة، أريدك أن تضربني بأعنف ما تستطيع».

لم أرد ذلك، لكن تايلر شرح لي كل شيء. الرغبة في ألا تموت من دون ندوب. الملل من مشاهدة المصارعين المحترفين، والرغبة في أن تعرف عن نفسك أكثر.

عن رغبة التدمير الذاتي.

كانت حياتي تبدو مكتملة ولربما كان علينا أن نحطم كل شيء لنصنع من أنفسنا شيئًا أفضل.

نظرت حولي وقلت: ليكن، ليكن. لكن في الخارج في ساحة انتظار السيارات.

لذا خرجنا وسألت تايلر إن كان يريد الضربة في الوجه أم المعدة.

فقال: «لتكن مفاجأة».

قلت له إنني لم أضرب أحدًا قَطُّ.

فقال تايلر: «إذن انطلق كما تشاء».

قلت له أن يغمض عينيه.

لكنه قال: «لا».

وككل رجل في ليلته الأولى في نادي القتال أخذت شهيقًا عميقًا، وطوحت بقبضتي في فك تايلر ككل فيلم رعاة بقر رأيته في حياتي. لكن قبضتي ارتطمت بجانب عنق تايلر.

اللعنة! هذا لا يصلح. وأردت أن أجرب ثانية.

لكن تايلر قال: «بل هي تصلح». وضربني مباشرة. كأنها تلك القفازات المتصلة بسوستة في أفلام الرسوم المتحركة التي كنا نراها صبيحة السبت. مباشرة في منتصف صدري فسقطت للوراء فوق سيارة. ووقفنا هنالك. تايلر يحك جانب عنقه وأنا أضع يدي على صدري، وكلانا نعرف أننا ذهبنا إلى مكان لم نذهب إليه قَطُّ، مثل القط والفأر في أفلام الرسوم المتحركة. ما زلنا حيَّين ونرغب في أن نرى إلى أي مدى يمكننا التمادي ونظل حيين.

قال تايلر: «جميل».

وقلت أنا إنني أريده أن يضربني ثانية.

فقال تايلر: «لا، أنت تضربني».

لذا ضربته تحت أذنه بالضبط، فدفعني بعنف ودفن كعب حذائه في معدتي. ما حدث لاحقًا وبعدها لم يحدث بكلمات! لكن البار أُغلق وخرج الناس يصرخون حولنا في ساحة الانتظار.

وبدلًا من تايلر شعرت بأنني قادر على النيل من كل شيء سيئ في العالم. المغسلة التي أعادت ثيابي وقد تهشمت بعض الأزرار. المصرف الذي يقول إنني سحبت مئات الدولارات فوق رصيدي. عملي حيث استعمل رئيسي الكمبيوتر الخاص بي، وعبث بملفات تنفيذ «الدوس». ومارلا سينجر التي سرقت مجموعات المساندة مني. لم تحل أي مشكلة من مشكلاتي لدى انتهاء القتال، لكن لا شيء يهم!

كانت ليلة القتال الأولى ليلة أحد ولم يكن تايلر قد حلق ذقنه طيلة العطلة، لذا احترقت مفاصل أصابعي من ذقنه. وإذ رقدنا على ظهرينا في ساحة الانتظار ناظرين إلى نجم وجد طريقه عبر أضواء الشارع، سألت تايلر عما كان يقاتله.

قال لي إنه كان يقاتل أباه.

ربما لم نكن بحاجة إلى أب كي نستكمل أنفسنا. لا يوجد شيء شخصي بصدد مَن تقاتله في نادي القتال. أنت تقاتل من أجل القتال. لا يفترض منك أن تتكلم عن نادي القتال، لكننا تكلمنا عنه طيلة أسبوعين. كان الناس يلتقون في ساحة الانتظار هذه بعدما يغلق البار، وحين برد الجو تبرع بار آخر بمنحنا القبو الذي نلتقي فيه الآن.

وحين يلتقي نادي القتال يعطي تايلر التعليمات التي اتفقنا عليها. يصرخ تايلر في قمع الضوء في مركز القبو الممتلئ بالرجال: «أكثركم هنا لأن شخصًا ما خرق القواعد، لأن شخصًا ما أخبركم عن نادي القتال».

«حسنٌ. يجب أن تتوقفوا عن الكلام أو تبدأوا نادي قتال خاصًّا بكم، لأنكم اعتبارًا من الأسبوع المقبل ستدونون أسماءكم في قائمة، وأول خمسين اسمًا هم المسموح لهم بالدخول. لو دخلتم فلتبدأوا القتال حالًا. لو لم تريدوا القتال فهناك من يريده. لذا من الأفضل أن تظلوا في بيوتكم».

يصرخ تايلر: «لو كانت هذه أول ليلة لكم في نادي القتال، فعليكم أن تقاتلوا».

إن أكثر الناس جاءوا إلى نادي القتال من أجل شيء يخافون أن يقاتلوه. بعد بضع معارك يقل خوفك كثيرًا.

بعض أفضل الأصدقاء يلتقون للمرة الأولى في نادي القتال. الآن أذهب للمؤتمرات فأرى وجوهًا على منضدة المؤتمر؛ محاسبين وشباب المديرين ومحامين بأنوف مهشمة كأنها الباذنجان تحت الضمادات، أو أرى غرزتين تحت عين أو فكًّا مثبتًا. هؤلاء هم الرجال الهادئون الذين يصغون حتى يأتي وقت اتخاذ القرار.

نهز رؤوسنا لبعض.

بعدها يسألني المدير من أين أعرف هؤلاء.

طبقًا لكلام المدير صار البيزنس يضم عددًا أقل فأقل من السادة المهذبين وعددًا أكبر من البلطجية.

ويستمر العرض التقديمي.

وتلتقي عيناي بعينَي والتر من شركة «مايكروسوفت». هو ذا رجل له أسنان سليمة وجلد أبيض، ووظيفة تستحق أن تكتب لمجلة الخريجين تسألهم عن كيفية الفوز بها. تعرف أنه أصغر من أن يكون قد قاتل

في أي حرب، ولو لم يكن أبواه مطلقَين فلا بد أن أباه لم يأتِ إلى
البيت قطُّ. والآن هو هنا ينظر إليَّ ونصف وجهي حليق نظيف، بينما
النصف الآخر كدمة ترمقه شذرًا في الظلام. الدم يلتمع على شفتي.
ربما هو يفكر في المآدب النباتية التي ذهب إليها الأسبوع الماضي،
أو ربما يفكر في الأوزون، أو يفكر في حاجة الأرض إلى وقف تجربة
المنتجات القاسية على الحيوانات. لكن ربما لا يفكر في هذا!

٧

ذات صباح أجد الواقي الذكري الذي يبدو كقنديل بحر، وهو يطفو فوق مياه المرحاض.

هكذا يقابل تايلر مارلا.

أنهض لأتبول فأرى هذا الشيء وسط قذارة المرحاض التي تذكرك بالرسوم على جدران كهف. لا تتمالك إلا أن تفكر. فيمَ تفكر الحيوانات المنوية؟

ربما تقول لنفسها: هل هذا هو المهبل؟

ماذا يجري هنا؟

طيلة الليل أحلم بأن مارلا تمتطيني. مارلا تدخن لفافة تبغها، مارلا تقلب عينيها. أصحو في فراشي، والباب إلى غرفة تايلر موصد الآن. كان الباب إلى غرفته لا يغلق أبدًا. انهمرت الأمطار طيلة الليل، والقوباء في سطح الغرفة تتشقق. تتجعد، ويتخللها المطر، ويتجمع فوق قمة جص الحائط، ثم يهبط عبر أسلاك الكهرباء.

حينما تمطر السماء يجب أن تسحب القوابس، فلن تجرؤ على فتح الأنوار. البيت الذي يستأجره تايلر مكون من ثلاثة طوابق وقبو.

٦٤

نحمل الشموع. ثمة غرف للمؤن وحشايا للنوم ونوافذ ذات زجاج ملون تطل على الدرج. هناك نوافذ بارزة للخارج في الردهة، أما ألواح القاعدة فهي منحوتة وارتفاعها نحو ثماني عشرة قدمًا.

يهطل المطر فوق المنزل فينتفخ كل ما هو خشبي ثم ينكمش، وتبرز المسامير وتصدأ.

في كل صوب هناك مسامير صدئة تدوس عليها أو تصدمها بكوعك، وهناك حمام واحد فقط لسبع الغرف. والآن صار هناك واقٍ ذكري مستعمل.

هذا البيت ينتظر شيئًا ما، تغييرًا في التقسيم أو وصية ما. من ثَمَّ يتم هدمه. سألت تايلر عن الفترة التي قضاها هنا، فقال إنها ستة أسابيع. منذ بدء الخليقة كان هناك مالك يملك اشتراكًا لمدى الحياة في مجلتي «ريدرز دايجست» و«ناشونال جيوجرافيك». أكوام عالية من المجلات تزداد ارتفاعًا كلما هطلت الأمطار. يقول تايلر إن الساكن الأخير كان يطوي أوراق المجلات البراقة لتكون مظاريف تصلح للكوكايين. لا أقفال على الباب منذ اقتحم رجال الشرطة أو شخص ما الباب. هناك تسع طبقات من ورق الحائط منتفخة على جدران حجرة الطعام. زهور تحت شرائط تحت زهور تحت طيور تحت نباتات.

جيراننا الوحيدون هما ورشتان مغلقتان، وداخل المنزل توجد خزانة بها أداة للف أغطية المائدة بحيث لا تتجعد. وهناك خزانة فراء. البلاط في الحمام منقوش بزهور دقيقة أجمل من النقوش على الصيني، لكنْ هناك واقٍ ذكري مستعمل في المرحاض.

عشت مع تايلر شهرًا.

فكيف أنال اهتمامه؟

أنا إحساس جو الحانق بالرفض.

والأسوأ أن هذا خطئي. بعدما نمت ليلة أمس عاد تايلر من ورديته كساقٍ في مطعم، واتصلت مارلا ثانية من فندق «ريجنت». هذا هو كل شيء كما قالت مارلا. النفق والضوء الذي يقودك في نهاية النفق. خبرة الموت كانت عذبة جدًّا، وقد أرادت مارلا أن أصغي إليها وهي تصف كيف ارتفع جسدها وطفا في الهواء.

لم تكن تعرف هل تستطيع الروح استعمال الهاتف، لكنها على الأقل أرادت من يسمع آخر نفس لها.

لا، لا. تايلر يرد على الهاتف ويسيء فهم الموقف كله.

لم يلتقيا قَطُّ، لذا يفترض تايلر أن احتضار مارلا أمر شنيع.

لا شيء من هذا القبيل.

ليس هذا من شأن تايلر لكن تايلر يطلب الشرطة، وتايلر يركض إلى فندق «ريجنت».

والآن ـ طبقًا للعادة الصينية القديمة التي تعلمناها كلنا من التلفزيون ـ صار تايلر مسؤولًا عن مارلا للأبد، لأن تايلر أنقذ حياة مارلا.

لو كنت قد ضحيت بدقيقتين وذهبت لأرى مارلا وهي تموت لما حدث شيء من هذا كله.

يحكي لي تايلر كيف أن مارلا تعيش في الغرفة رقم 8G، في الطابق العلوي من فندق «ريجنت» عبر ممر صاخب يضج بأصوات الضحك المعلب يأتي من أجهزة التلفزيون عبر الأبواب. كل ثانيتين

تسمع ممثلة تصرخ أو ممثلًا يموت وسط طلقات الرصاص. يصل تايلر إلى نهاية الممر وقبل أن يقرع الباب، تنطلق من باب الغرفة 8G ذراع نحيلة، نحيلة بيضاء كالزبد، وتقبض على معصمه وتجذبه إلى الداخل.

أدفن نفسي بين أعداد مجلة «ريدرز دايجست».

بينما مارلا تجذب تايلر إلى حجرتها، كان بوسعه أن يسمع عواء الفرامل والسرينات تتجمع أمام فندق «ريجنت». على المزينة هناك عضو ذكري صناعي (ديلدو) مصنوع من البلاستيك الوردي نفسه الذي صنعت منه ملايين الدمى «باربي». يمكنه أن يتخيل ملايين الدمى الصغيرة ودمى «باربي» و«الديلدو» تخرج من نفس خط التجميع في تايوان.

مارلا تنظر إلى تايلر وهو يتأمل «الديلدو» الخاص بها. وتقلب عينيها وتقول: «لا تخف... ليس خطرًا عليك».

تدفعه إلى الممر ثانية وتقول له إنها آسفة، لكن ما كان عليه أن يطلب الشرطة. وعلى الأرجح الشرطة موجودة في الطابق الأسفل الآن.

في الممر تغلق مارلا باب الغرفة 8G وتقتاد تايلر إلى الدرَج. وعلى الدرج يلصق تايلر ومارلا جسديهما بالجدار بينما يهجم رجال الشرطة والمسعفون حاملين الأكسجين باحثين عن الباب 8G.

تخبرهم مارلا أن الباب في نهاية الممر.

تخبرهم مارلا أن الفتاة التي تقطن الغرفة 8G كانت لطيفة، لكنها الآن وحش فاجر. الفتاة ركام بشري ملوث. وهي مرتبكة تخشى أن تختار الاختيار الخطأ. لهذا لا تختار أي شيء.

وتصرخ مارلا: «الفتاة في الغرفة 8G لا تؤمن بنفسها، وهي قلقة من أن تشيخ فتتضاءل الخيارات أمامها».

مارلا تصيح: «حظًّا سعيدًا».

يقف رجال الشرطة خلف الباب، على حين يهرع تايلر ومارلا عبر المدخل. خلفهما يصرخ رجل شرطة من خلال الباب: «دعينا نساعدك يا مس سينجر! لديك كل الأسباب لتعيشي. دعينا ندخل يا مارلا ولسوف نساعدك على حل مشكلاتك!».

اندفعت مارلا وتايلر إلى الشارع، وأدخلها تايلر إلى سيارة أجرة وفي الطابق الثامن كان بوسعه أن يرى الظلال تتحرك أمامًا وخلفًا عبر نوافذ غرفة مارلا. وهناك في الطريق، حيث كل الأضواء والسيارات الأخرى، وستة طوابير من السيارات تتسابق نحو نقطة الزوال، تخبر مارلا تايلر أن عليه إبقاءها متيقظة طيلة الليل. فلو نامت لماتت!

كثيرون يريدون أن تموت مارلا. هكذا قالت لتايلر. هؤلاء الناس ماتوا فعلًا وهم في الجانب الآخر الآن، لكنهم يتصلون بها هاتفيًّا في الليل. كانت تذهب إلى البارات فتسمع الساقي ينادي اسمها، وحين ترد على المكالمة لا تسمع صوتًا.

لقد بقي تايلر ومارلا ساهرين أكثر الليل في الغرفة المواجهة لي. وحين يصحو تايلر تكون مارلا قد رحلت عائدة إلى فندق «ريجنت». أخبر تايلر بأن مارلا ليست بحاجة إلى عشيق. تحتاج إلى أخصائي اجتماعي.

يقول تايلر: «لا تدعُ هذا حبًّا».

قصة حب قصيرة طويلة. الآن مارلا قد خرجت لتدمر جزءًا

آخر من حياتي. منذ أيام الكلية أكوِّن صداقات. ثم يتزوجون. فأفقد الأصدقاء. حسنٌ.

يسألني تايلر: هل هذه مشكلة بالنسبة إليَّ؟

أنا قبضتا جو المطبقتان.

فأقول لا، لا يضايقني هذا.

صوب مسدسًا إلى رأسي وادهن الحائط بمخي.

سيكون كل هذا جميلًا، ممتازًا.

٨

يريدني رئيسي أن أعود إلى الدار بسبب كل الدم المتجمد على سروالي، وأنا مسرور جدًّا لهذا.

والفجوة التي تكونت في خدي تأبى أن تلتئم. سأذهب للعمل لكن محجري عينَي المنتفخين قطعتان من الزلابية المحروقة، وفي وسطهما ثقبان أبقيتهما كي أرى عبرهما. حتى اليوم ضايقني أن أحدًا لم يلحظ ما طرأ عليَّ من تحولات جديرة بفلسفة «زن». لكني ما زلت أؤدي عملي الصغير على الفاكس، أكتب تلك الأشعار اليابانية المقفاة (**الهايكو**) وأرسلها بالفاكس إلى الجميع. وحين ألقى أحدهم في الردهة أقابل وجهه المعادي بأسلوب **زن**».

يمكن للنحلات العاملة أن ترحل
يمكن لذكور النحل أن تحلق مبتعدة
فالملكة عبدتها

تخلَّ عن كل ممتلكاتك الدنيوية وسيارتك واذهب لتعيش في

٧٠

منزل مستأجر في الركن العفن من المدينة حيث في الليل تسمع مارلا وتايلر في غرفته[1].

هذا يجعلني أنا مركز الكون الهادئ.

أنا بعينَي المنتفختين والدم الجاف في لطخ سوداء على سروالي. أقول مرحبًا لكل شخص في العمل. مرحبًا! انظروا إليَّ! أنا قد صرت «زن» للغاية! هذا دم. هذا لا شيء. مرحبًا. كل شيء هو لا شيء ومن الجميل أن يستنير المرء بالحقيقة. مثلي.

انظروا إلى خارج النافذة. طائر.

سألني الرئيس إن كان الدم دمي.

يحلق الطائر في اتجاه الريح. أكتب «الهايكو» في رأسي.

حتى بدون عش
يعتبر الطائر العالم بيته
الحياة مهنتك

أعد على أصابعي، خمسة، سبعة، خمسة.
الدم هل هو لي؟
نعم. بعضه.
تلك إجابة خاطئة.

---

(١) لا توجد علامات ترقيم في هذه الجملة الطويلة، وواضح أنه يقلد شعر «الهايكو» الياباني. (المترجم).

وكأن الأمر مهم. لديَّ سروالان أسودان، ستة قمصان بيضاء، ستة أزواج من الثياب الداخلية. الحد الأدنى. أذهب إلى نادي القتال، فتتحدث هذه الأشياء.

يقول رئيسي: «عد إلى البيت، واستبدل ثيابك».

بدأت أتساءل إن كان تايلر ومارلا الشخص ذاته. ففيما عدا مضاجعتهما كل ليلة في غرفة مارلا.

يمارسان.

يمارسان.

يمارسان.

فإنهما ليسا في ذات الغرفة أبدًا. لا أراهما معًا أبدًا.

لكنك كذلك لا تراني مع الممثلة زازا جابور وهذا لا يدل على أننا نفس الشخص.

يمكنني أن أغسل سروالي. يجب على تايلر أن يعلمني طريقة صنع الصابون. تايلر في الطابق العلوي والمطبخ ممتلئ برائحة الثوم والشعر المحروق. مارلا تجلس في المطبخ تحرق باطن ذراعها بلفافة تبغ وتطلق على نفسها النجاسة البشرية.

«إنني أعتنق فسادي المريض المتقيح»، هذا ما تخبر به نهاية لفافة التبغ المشتعلة. مارلا تضغط اللفافة على بطن ذراعها البيضاء الناعمة.

«احترقي، احترقي، احترقي!».

تايلر في الطابق العلوي في غرفة نومي، يتأمل أسنانه في المرآة، ويخبرني أنه وجد لي وظيفة كساقٍ بدوام جزئي.

«في فندق «برسمان» لو كان بإمكانك العمل ليلًا. إن هذا العمل سيشعل حقدك الطبقي».

فأقول له إنني موافق.

يقول تايلر: «سيجعلونك تضع ربطة عنق معقودة. كل ما تحتاج إليه لتعمل هناك هو قميص أبيض وسروال أسود».

أقول له إننا نريد صابونًا يا تايلر. نريد أن نصنع صابونًا، أريد أن أغسل سروالي.

أمسك بقدميه بينما هو يقوم بتمرين الجلوس مائتي مرة.

«لنصنع الصابون يجب أن نذيب الدهن». تايلر يملك الكثير من المعلومات القيمة.

وبرغم مضاجعتهما فإن تايلر ومارلا لا يوجدان أبدًا في الغرفة ذاتها. لو كان تايلر موجودًا تتجاهله مارلا، وهذا هو أسلوب ملجأ الكلاب، حيث ما زال من يحبك إلى درجة أنه ينقذ حياتك قادرًا على أن يخصيك.

مارلا تنظر إليَّ كأنما أنا من يمتطيها وتقول: «لا أستطيع أن أربح معك، أليس كذلك؟».

مارلا تقصد الباب الخلفي مغنية أغنية «وادي الدمى» المخيفة.

أنظر إليها وهي ترحل.

هناك لحظة. لحظتان. ثلاث لحظات من الصمت حتى تتوارى من الغرفة.

أستدير للوراء فأرى تايلر.

يقول تايلر: «هل تخلصت منها؟».

بلا صوت، بلا رائحة. يظهر تايلر.

يقول تايلر وهو يثب من باب المطبخ إلى فريزر الثلاجة: «أولًا، نحتاج إلى أن نذيب بعض الدهن».

يقول لي تايلر إنه لو كنت غاضبًا بصدد رئيسي فعليَّ أن أقصد مكتب البريد، وأملأ استمارة تغيير عنوان له، بحيث يرسل كل البريد الموجه إليه إلى راجبي في داكوتا الشمالية.

ويجذب تايلر من الفريزر أكياسًا ممتلئة بالمادة البيضاء المتجمدة ويلقيها في الحوض. أما أنا فعليَّ أن أضع كسرولة كبيرة على الموقد وأملأها تقريبًا بالماء. لو قل الماء لاسود لون الدهن إذ يتحول إلى شحم.

يقول تايلر: «هذا الدهن يحوي الكثير من الملح، لذا كلما زاد الماء كان هذا أفضل».

ضع الدهن في الماء، واجعله يغلي.

تايلر يعصر الخليط الأبيض من كل كيس في الماء، ثم يدفن الأكياس في قاع القمامة.

يقول تايلر: «استعمل خيالك قليلًا. تذكر كل هراء الابتكار الذي علموه لك في الكشافة. تذكر كيمياء المدرسة الثانوية».

عسير عليَّ أن أتخيل تايلر في الكشافة.

يخبرني تايلر أن بوسعي كذلك أن أقود السيارة إلى بيت المدير ذات ليلة، وأثبت خرطومًا إلى ماسورة بالخارج. أثبت الخرطوم إلى مضخة يدوية ثم أملأ مواسير المياه في البيت بالصبغة. أحمر أو أزرق أو أخضر. وانتظر لترى كيف يبدو المدير في اليوم التالي. أو يمكنني

أن أجلس وأضخ حتى يرتفع الضغط في المواسير كلها فوق ١١٠ أرطال لكل بوصة مربعة، وبهذه الطريقة لو ضغط أحدهم السيفون لانفجر خزان المرحاض. عند ضغط ١٥٠ لو فتح أحدهم الدش لأطار ضغط الماء قمة الدش ولتحول إلى قذيفة مورتر.

تايلر يقول هذا ليجعلني في حالة معنوية أفضل. الحقيقة هي أنني أحب رئيسي، بالإضافة إلى أنني مستنير الآن. أنت تعرف هذا السلوك البوذي. زهور «الكريمانثيموم» العنكبوتية، دروس بوذا (السوترا)، هاري راما. كما تعرف. كريشنا كريشنا. مستنير.

يقول تايلر: «أن تلصق ريشًا في مؤخرتك لا يعني أنك صرت دجاجة».

إذ يذوب الدهن يصعد الشحم على سطح الماء المغلي.

أقول: إذن أنا ألصق ريشًا بمؤخرتي.

مستر ومسز «نجاسة بشرية».

قلل الحرارة تحت الكسرولة.

حرك الماء المغلي.

مزيد من الشحم ينفصل حتى يتغطى الماء بطبقة من اللؤلؤ لها لون قوس القزح. استعمل ملعقة كبيرة لتزيح هذه الطبقة جانبًا وأبقها.

أسأله: كيف حال مارلا؟

يقول تايلر: «على الأقل مارلا تحاول أن تصل إلى الحضيض».

أحرك الماء المغلي.

استمر في إزاحة الشحم حتى لا يعود مزيد منه. هذا هو شحم التنظيف الذي نزعناه من الماء.

يقول تايلر إنني ما زلت بعيدًا عن الحضيض. ما لم أسقط للقاع فخلاصي غير ممكن. المسيح فعل هذا بالصلب. لا يجب فقط أن أهجر المال والملكية والمعرفة. ليس الأمر رحلة استجمام في نهاية الأسبوع. يجب أن أنأى بنفسي عن التحسن، يجب أن أركض نحو الكارثة. لن ألعب لعبة السلامة أولًا مرة أخرى.

هذه ليست حلقة دراسية!

يقول تايلر: «لو فقدت أعصابك قبل أن تبلغ الحضيض، فلن تنجح أبدًا».

فقط بعد الكارثة يمكن أن نبعث.

«فقط بعدما تفقد كل شيء، تصير حرًّا كي تعمل أي شيء».

ما أشعر به هو تنوير قبل الأوان.

يقول تايلر: «واستمر في التقليب».

حين يغلي الدهن بما يكفي بحيث لا يبقى شحم، تخلص من الماء. اغسل الكسرولة واملأها بماء نقي.

أسأله: هل أنا بأي شكل قريب من القاع؟

يقول تايلر: «من مكانك الآن لا يمكنك مجرد تخيل شكل القاع».

كرر العملية مع الشحم الذي فصلته. اغلِ الماء بالشحم، واكشط واستمر في الكشط. يقول تايلر: «الدهن الذي نستعمله ممتلئ بالملح، ملح كثير جدًّا فلن يتماسك الصابون». اغلِ واكشط.

مارلا قد عادت.

في الثانية التي تفتح فيها مارلا الباب يرحل تايلر، يختفي. تايلر صعد إلى الطابق الأعلى أو تايلر نزل إلى القبو.

مارلا تدخل من الباب حاملة علبة رقائق الصودا الكاوية.

مارلا تقول: «في المتجر لديهم ورق تواليت تم تدويره ١٠٠٪.
لا بد أن أسوأ مهنة في العالم هي إعادة تدوير ورق التواليت».

آخذ علبة الصودا وأضعها على المنضدة. ولا أقول شيئًا.

تقول مارلا: «هل بوسعي قضاء الليلة هنا؟».

فلا أجيب. أعد في رأسي خمسة مقاطع لفظية، سبعة، خمسة.

النمر يستطيع الابتسام
الثعبان سيقول إنه يحبك
الأكاذيب تجعلنا أشرارًا

مارلا تقول: «ماذا تطهو؟».

أنا نقطة غليان جو.

أقول لها انصرفي. فقط انصرفي، اخرجي. ألم تظفري بقضمة
كبيرة من حياتي بعد؟

مارلا تمسك بكمي ريثما تقبل خدي. تقول: «أرجوك أن تطلبني،
أرجوك، يجب أن نتكلم». أقول نعم، نعم، نعم.

وحين تخرج مارلا من الباب يظهر تايلرمرة أخرى في الغرفة.
كأنها حيلة سحرية. أبواي ظلا يمارسان هذه الحيلة خمس
سنوات.

أواصل الغلي والكشط، بينما يفرغ تايلر جزءًا من الثلاجة. البخار
يتكاثف في الهواء ويتساقط الماء من سقف المطبخ. الضوء الخافت

من المصباح ذي الأربعين وات في مؤخرة الثلاجة. لا أراه خلف زجاجات الكاتشب الفارغة ومرطبانات المايونيز والمخلل. بروفيل تايلر يلتمع.

اغلِ واكشط. ضع الشحم المكشوط في علب اللبن الكرتونية التي انتزع أعلاها.

ومن فوق مقعد وضع أمام الفريزر يقف تايلر ليرقب الشحم يبرد. في حرارة المطبخ يتكاثف الضباب الأبيض من قاع الثلاجة ويتجمع عند قدمَي تايلر.

إذ أملأ علب اللبن بالشحم، يضعها تايلر في الثلاجة.

أركع جوار تايلر أمام الثلاجة فيمسك بيدي ويريني إياها. خط الحياة. جبال كوكبَي الزهرة والمريخ. يتجمع الضباب البارد حولنا ويضيء النور المعتم على وجهينا.

يقول تايلر: «أحتاج إلى أن تقدم لي معروفًا آخر».

هذا يتعلق بمارلا. أليس كذلك؟

يقول تايلر: «لا تكلمها عني أبدًا، لا تتكلم عني من وراء ظهري. هل تعد؟».

فأعِد.

يقول تايلر: «لو ذكرتني أمامها فلن تراني أبدًا».

هكذا أعِد.

«تعِد؟».

فأعِد.

يقول تايلر: «تذكر أنك وعدت ثلاث مرات».

شيء صافٍ سميك يتجمع فوق الشحم في الثلاجة.
أقول إن الشحم ينفصل.
يقول تايلر: «لا تقلق. الطبقة الصافية هي الجلسرين، يمكنك إعادة خلطه لو صنعت الصابون أو يمكنك كشطه للتخلص منه».
تايلر يلعق شفتيه ويقلب كف يدي لأسفل، ويضعها على فخذه فوق رداء استحمامه.
يقول: «يمكنك أن تخلط الجلسرين بحمض النتريك لتحصل على النيتروجلسرين».
أشهق من فمي وأقول نيتروجلسرين.
تايلر يبلل شفتيه جيدًا ثم يلثم يدي.
يقول: «يمكنك خلط النيتروجلسرين بالصوديوم والنشارة لتصنع الديناميت».
أقول ديناميت. وأجلس على كعبي.
تايلر ينزع الغطاء عن علبة صودا الغسيل. تايلر يقول: «يمكنك تفجير الجسور».
يقول: «يمكنك خلط النيتروجلسرين مع حمض النتريك والبارافين لتصنع متفجرات جيلاتينية».
يقول: «يمكنك تفجير بناية. سهل».
تايلر يقلب علبة صودا الغسيل فوق ظهر يدي ببوصة.
تايلر يقول: «هذا حرق كيميائي، ولسوف يؤلمك أسوأ مما لو احترقت بالنار. أسوأ من مائة لفافة تبغ».
يلتمع أثر شفتيه على ظهر يدي.

يقول تايلر: «سوف تكون عندك ندبة».

يقول: «يمكنك أن تنسف العالم كله لو كان عندك قدر كافٍ من الصابون. الآن تذكر وعدك».

ثم يصب تايلر صودا الغسيل.

٩

أدى لعاب تايلر وظيفتين. إن القبلة الرطبة على ظهر يدي أبقت رقائق الصودا في مكانها وهي تحترق، هذه هي الوظيفة الأولى. الوظيفة الثانية هي أن الصودا لا تحرق إلا حين تختلط بالماء، أو اللعاب.

يقول تايلر: «هذا حرق كيميائي، ولسوف يؤلمك أسوأ من أي حرق سابق».

يمكنك استخدام الصودا الكاوية لفتح البالوعات المسدودة.

أغمض عينيك.

عجينة من الصودا والماء يمكن أن تخترق مقلاة من الألومنيوم. محلول من الصودا الكاوية والماء يذيب ملعقة خشبية.

الصودا تسخن لأكثر من مائتي درجة، وإذ تسخن تحرق ظهر يدي وتايلر يضع أصابع يده فوق أصابعي، وفوق سروالي المتسخ بالدم. ويطلب مني تايلر أن أنتبه لأن هذه أعظم لحظة في حياتي.

يقول تايلر: «لأن كل شيء قبل هذه اللحظة قصة. وكل ما بعد هذه اللحظة قصة».

هذه أعظم لحظات حياتنا.

الصودا المتمسكة بلعاب تايلر قد صارت كنار المعسكر أو وسم بالنار أو كومة ذرية تشتعل على ظهر يدي في نهاية طريق طويل طويل يبعد عني أميالًا. يطلب مني تايلر أن أعود معه. يدي تفارقني. صغيرة في الأفق في نهاية الطريق.

تتصور أن النار ما زالت تحترق فيما عدا أنها الآن خلف خط الأفق. غروب.

تايلر يقول: «عد إلى الألم».

هذا هو نوع التأمل الموجه الذي يمارسونه في مجموعات المساعدة للمرضى.

لا تفكر مجرد التفكير في لفظة ألم.

التأمل الموجه يؤدي عمله مع السرطان ويمكن أن يعمل مع هذا.

يقول تايلر: «انظر إلى يدك».

لا تنظر إلى يدك.

لا تفكر في كلمات الاحتراق أو اللحم أو الأنسجة أو التفحم.

لا تصغِ إلى صراخك.

أنت في أيرلندا. أغمض عينيك.

أنت في أيرلندا ذلك الصيف الذي أنهيت فيه الكلية، وأنت تحتسي الشراب في حانة قرب القلعة التي يتردد عليها السياح البريطانيون والأمريكان كل يوم، كي يلثموا حجر «بلارني».

يقول تايلر: «لا تحجب هذا المشهد. الصابون والتضحية البشرية متلازمان».

«أنت تغادر الحانة وسط حشد من الناس وتمشي وسط صمت

الشوارع الرطب لأن المطر انهمر من قليل. إنه الليل. حتى تصل إلى قلعة حجر «بلارني».

الأرضيات متحللة لهذا تتسلق الدرجات الحجرية، بينما السواد يزداد ويزداد على الناحيتين وأنت تتسلق. الكل هادئ في أثناء التسلق، فقد اعتاد الجميع هذا التمرد الصغير».

يقول تايلر: «أصغِ إليَّ. افتح عينيك».

يقول تايلر: «في المَاضي كانت التضحيات البشرية تتم فوق هضبة على النهر. آلاف الناس. أصغِ إليَّ. كانت التضحيات تتم والأجساد تتفحم على محرقة».

يقول تايلر: «يمكنك أن تصرخ. يمكنك الذهاب إلى المغطس وترك الماء يسيل فوق يدك. لكن عليك أولًا أن تعرف أنك غبي وسوف تموت. انظر إليَّ».

يقول تايلر: «يومًا ما ستموت، لكن حتى تتبين هذه الحقيقة أنت عديم النفع بالنسبة إليَّ».

أنت في أيرلندا.

يقول تايلر: «يمكنك أن تبكي، لكن كل دمعة تهبط فوق الصودا الكاوية على جلدك ستترك ندبة كأنها حرق سيجارة».

تأمل موجه. أنت في أيرلندا ذلك الصيف الذي تركت فيه الكلية. ربما كانت هذه أول مرة أردت فيها ممارسة الفوضوية. قبل أن تلتقي تايلر دردن بأعوام. قبل أن تفسد براءتك الأولى. تعلمت بعض أعمال التمرد البسيطة.

في أيرلندا.

أنت تقف على رصيف في قمة الدرجات في قلعة.

يقول تايلر: «يمكننا استعمال الخل، كي نعادل الحرق، لكن عليك أن تستسلم أولًا».

يقول تايلر: بعدما تمت التضحية بمئات البشر، وأحرقوا. خرج إفراز أبيض سميك من المذبح ليهبط إلى النهر.

عليك أولًا أن تصل إلى الحضيض.

أنت تقف على منصة في قلعة في أيرلندا وظلام بلا قاع حول الحافة، وأمامك على بعد ذراع من الظلمة يوجد جدار صخري.

يقول تايلر: «المطر ينهمر فوق المحرقة عامًا تلو عام. وعامًا تلو عام يحرق الناس، والمطر يسيل عبر الرماد المحترق ليصير محلول صودا كاوية، ويختلط هذا بالدهن الذائب للضحايا، فيتكون إفراز سميك من الصابون يزحف من قاعدة المذبح، ويهبط إلى السفح نحو النهر».

والأيرلنديون من حولك، وهم يمارسون أعمال التمرد البسيطة.

يمشون نحو الحافة ويقفون مطلين على الظلمة اللامتناهية تحتهم ويتبولون.

ويقولون لك هلم. تبول بولك الأمريكي الثري الأصفر بفعل الفيتامينات، غالٍ وثري ويتم التخلص منه.

يقول تايلر: «هذه أروع لحظة في حياتك، لكنك في مكان ما فلا تلحق بها».

أنت في أيرلندا.

تقوم بذلك العمل. أوه. نعم، يمكنك أن تشم الأمونيا وجرعتك اليومية من الفيتامينات.

وحين يسقط الصابون في النهر بعد ألف عام من قتل الناس والمطر، وجد القدامى أن ثيابهم تصير أنظف لو غسلوها هنا.

أنا أتبول على حجر «بلارني».

أنا أتبول في سروالي الأسود ببقع الدم الجافة عليه التي لا يطيقها رئيسي.

أنت في بيت مستأجر في «بيبر ستريت».

يقول تايلر: «هذا له معنى ما».

يقول تايلر: «هذه علامة». تايلر يملك معلومات مهمة. الثقافات التي لم تعرف الصابون كانت تستعمل بولها وبول الكلاب لغسيل الثياب والشعر، لأن حمض البوليك يحوي الكثير من الأمونيا.

رائحة الخل والنار على ظهر يدك في نهاية طريق طويل تتلاشى.

رائحة صودا الغسيل تحرق المسارات المتشعبة لجيوبك الأنفية.

يقول تايلر: «كان قتل كل هؤلاء الناس عملًا صائبًا».

ظهر يدك أحمر منتفخ لامع بنفس شكل قبلة تايلر. حول الشفتين تتناثر حروق سيجارة جاءت من شخص يبكي.

يقول تايلر: «افتح عينيك» ووجهه يلتمع بالدموع. «أهنئك، اقتربت خطوة من القاع، عليك أن ترى كيف صُنِع أول صابون من الأبطال».

فكر في الحيوانات التي استعملوها في تجربة المنتجات.

فكر في القردة التي قذفوا بها إلى الفضاء.

يقول تايلر: «من دون موتها، من دون عذابها، من دون تضحيتها لما امتلكنا شيئًا».

١٠

أوقف المصعد بين الطوابق، بينما يفك تايلر حزامه. حين يتوقف المصعد تتوقف آنية الحساء الموضوعة على عربة البوفيه عن الاهتزاز. ويتصاعد بخار عش الغراب إلى سقف المصعد، بينما ينزع تايلر الغطاء عن إناء الحساء.

تايلر يقول: «لا تنظر إليَّ، وإلا فلن أستطيع الاستمرار».

الحساء ثخين من الطماطم والكزبرة والمحار. بين رائحة الاثنين لا يمكن لأحد أن يشم أي شيء نضعه فيه.

أقول له أن يسرع وأنا أنظر من فوق كتفي إلى تايلر وهو ينتهي من عمله. يبدو لي الأمر مضحكًا كأنما هو فيل طويل يلبس قميص ساقٍ وربطة عنق، وهو يشرب الحساء بخرطومه الصغير.

يقول تايلر: «قلت لك لا تنظر!».

للمصعد أمامي نافذة صغيرة تسمح لي برؤية ردهة خدم المطعم. لكن وقد توقف المصعد بين طابقين فرؤيتي أصبحت تعادل رؤية صرصور فوق مشمع الأرضية الأخضر. ومن موضعي هذا المماثل لرؤية الصرصور يمتد الممر الأخضر إلى ما بعد نطاق رؤيتي،

وأبواب نصف مفتوحة حيث الجبابرة وزوجاتهم من العمالقة يحتسون براميل الشامبانيا، ويجأرون في بعضهم بعضًا مرتدين لآلئ أكبر مما أتصور.

أخبر تايلر أنه في الأسبوع الماضي حين كان محامو «إمباير ستيت» هنا لاحتفال الكريسماس، قمت بالإيلاج في حلوى البرتقال بالكريم الخاصة بهم.

يخبرني تايلر أنه في الأسبوع الماضي أوقف المصعد وأخرج غازات بطنه في الحلوى المخصصة لحفل شاي «رابطة الشباب».

لأن تايلر يعرف أن حلوى المارينج تمتص الرائحة.

من مستوى الصرصور نسمع عازفي آلة الهارب الأسرى يعزفون، بينما يرفع الجبابرة شوكاتهم المحملة بلحم الحملان، وكل قضمة بحجم خنزير كامل، وكل فم كأنه مجموعة أحجار قاطعة عاجية من «ستونهنج».

أقول هيا.

يقول تايلر: «لا أستطيع».

لو برد الحساء لأعادوه.

العمالقة سيعيدون شيئًا ما للمطبخ بلا سبب. فقط يريدون أن يروك تجري من أجل مالهم. في عشاء كهذا هم يعرفون أن البقشيش ضمن الفاتورة لذا يعاملونك كأنك قذارة. في الحقيقة نحن لا نعيد شيئًا للمطبخ. غيَّر وضع البطاطس الباريسية والأسبيرجيس الهولندي في الطبق قليلًا، وقدمه لشخص آخر. وفجأة سوف يصير ممتازًا. أقول شلالات نياجرا. نهر النيل. في أيام المدرسة كنا نعتقد أنه

لو وضعت يد شخص ما في إناء من الماء الدافئ وهو نائم، فإنه يبلل فراشه.

يقول تايلر من خلفي: «أوه. نعم. لقد نجحت. نعم، نعم».

خلف الأبواب نصف المفتوحة في قاعات الرقص، والتنورات الذهبية والحمراء والسوداء الطويلة كستائر مسارح «برودواي» القديمة. من حين لآخر تصل أزواج من سيارات «الكاديلاك» بجلد أسود حيث كان يجب أن يوجد الزجاج. فوق السيارات مدينة من الأبراج في حزام أحمر.

تايلر وأنا صرنا رجلَي حرب عصابات ضد مهنة التخديم. مخربين لحفلات العشاء. إن الفندق يستضيف حفلات العشاء، وحين يطلب أحدهم الطعام، فإنه يظفر بالطعام والشراب والصيني والزجاج والساقي. ويأخذون كل هذا في فاتورة واحدة. ولأنهم يعرفون أنهم لا يستطيعون تهديدك، فأنت بالنسبة إليهم مجرد صرصور.

ذات مرة جهز تايلر حفل عشاء، كان هذا قبل أن يتحول إلى ساقٍ مارق. في هذا الحفل كان يقدم طبق الأسماك في ذلك البيت الأبيض الزجاجي، الذي يبدو وكأنه يطفو فوق المدينة على أرجل من صلب مثبتة إلى جوانب التل. وفي أثناء المأدبة بينما كان يغسل الصلصة من الأطباق، جاءت صاحبة الدار إلى المطبخ حاملة قصاصة ورق ترفرف كأنها العلم، ويدها ترتجف بشدة. بين أسنانها المطبقة كانت المدام تريد معرفة ما إذا كان السقاة رأوا أحد الضيوف يتجه إلى الممر الذي يقود إلى غرف النوم؟ خاصة النساء من الضيوف. أو صاحب الدعوة؟

في المطبخ يقف تايلر وألبرت ولين وجيري يشطفون ويصفون الأطباق، وطباخة تدعى ليزلي تخلط زبد الثوم فوق رؤوس الخرشوف المحشو بالجمبري والمحار.

يقول تايلر: «ليس مفترضًا بنا الذهاب إلى هذا الجزء من البيت». نحن ندخل من المرأب. كل ما هو مسموح لنا أن نراه هو المرأب والمطبخ وغرفة الطعام.

يأتي المضيف من خلف زوجته على باب المطبخ، ويأخذ قصاصة الورق من يدها المرتجفة. ويقول: «كل شيء على ما يرام».

تقول له: «كيف أواجه كل هؤلاء الناس قبل أن أعرف من فعل هذا؟».

يضع المضيف يده مفتوحة على ظهر ثوبها الحريري الأبيض الذي يناسب لون بيتها، فتستقيم المدام في وقفتها وتهدأ فجأة. يقول: «كلهم ضيوف، وهذا الحفل مهم جدًّا».

يبدو هذا مضحكًا كأنه متكلم من البطن يعيد الحياة إلى دميته. المدام تنظر إلى زوجها ثم يأخذها الزوج عائدين إلى غرفة الطعام. تسقط الورقة على الأرض بينما الباب يصدر هسيسًا ويقذف الورقة عند قدمَي تايلر.

يقول ألبرت: «ماذا فيها؟».

يبدأ لين في تنظيف أطباق السمك.

وتعيد ليزلي صينية الخرشوف إلى الفرن وتقول: «ماذا فيها؟».

ينظر مباشرة إلى ليزلي ويقول دون أن يلتقط المذكرة: «مكتوب: لقد تبولت في أكثر من قنينة من عطورك الفاخرة».

يبتسم ألبرت: «أنت تبولت في عطرها؟».

يقول تايلر: لا. فقط ترك المذكرة بين الزجاجات. عندها نحو مائة زجاجة فوق رف المرآة في حمامها.

وتبتسم ليزلي: «إذن أنت لم تفعل هذا حقًّا؟».

يقول تايلر: «لا، لكنها لا تعرف هذا».

وطيلة ما بقي من الليل في حفل العشاء في ذلك البيت الأبيض والزجاجي في السماء، ظل تايلر ينظف الأطباق من الخرشوف البارد، ولحم العجل البارد بـ«البوم دوشيس» ثم «الشوفلير آلا بولونيز» البارد من أمام المضيفة. ويملأ كأسها بالخمر اثنتي عشرة مرة. والمدام جالسة تراقب كل واحدة من ضيفاتها تلتهم الطعام، إلى أن جاءت لحظة ما بين إخلاء أطباق «الدندورمة» وتقديم جاتوه المشمش، خلا فيها مكان السيدة عند رأس المائدة.

كانوا يغسلون الأطباق بعد رحيل الضيوف، ويضعون الصيني في عربة الفان الخاصة بالفندق، حين جاء صاحب الدعوة إلى المطبخ، وطلب أن يسمح ألبرت بمساعدته في حمل شيء ثقيل.

تقول ليزلي: لربما تمادى تايلر أكثر من اللازم.

بصوت عالٍ يخبرها تايلر كيف أنهم يقتلون الحيتان لصنع هذا العطر الذي يكلف أكثر من وزنه ذهبًا لكل أوقية. أكثر الناس لم يروا حوتًا قطُّ. إن لليزلي طفلين يعيشان في شقة قرب الطريق السريع، والمدام صاحبة الدعوة لديها دولارات في زجاجات بالحمام تفوق ما يمكن أن نحققه كلنا في عام.

يعود ألبرت حيث كان مع صاحب الدار ويطلب رقم النجدة ٩١١

على الهاتف. يضع يدًا على فمه ويقول: ما كان على تايلر أن يترك تلك المذكرة.

يقول تايلر: «إذن أخبر بهذا مديري في الفندق. فلتفصلوني، أنا لست متزوجًا من هذه المهنة الحقيرة».

ينظر الجميع إلى أقدامهم.

فيقول تايلر: «الفصل هو أفضل شيء يمكن أن يحدث لأي واحد منا. بهذه الطريقة نكف عن الركض على الماء ونفعل شيئًا بحياتنا».

ألبرت يقول في الهاتف إننا بحاجة إلى سيارة إسعاف ويخبرهم بالعنوان. ومنتظرًا جوار الهاتف يخبرنا أن صاحبة الدار في حال سيئ الآن. كان على ألبرت أن يحملها حملًا من المرحاض. لم يستطع صاحب الدار حملها لأن المدام تتهمه بأنه هو من بال في زجاجات عطرها. وتقول إنه يحاول دفعها للجنون عن طريق إقامة علاقة مع واحدة من الضيفات الليلة، وهي قد تعبت. تعبت من كل هؤلاء الذين يعتبرونهم أصدقاء لهم.

لم يستطع صاحب الدار أن يحملها لأن المدام سقطت خلف المرحاض في ثوبها الأبيض، وهي تلوح بزجاجة عطر نصف مهشمة. المدام تقول إنها ستذبحه لو حاول فقط أن يلمسها.

يقول تايلر: «جميل».

ورائحة ألبرت كريهة. تقول ليزلي: «ألبرت يا حبيبي، أنت كريه الرائحة».

يقول ألبرت: ما من طريقة تخرج بها من ذلك الحمام من دون أن تكون رائحتك كريهة. كل زجاجات العطر مهشمة على الأرض

والمرحاض ممتلئ بباقي الزجاجات. تبدو كالثلج. كحفلات الفندق الباهظة التي نملأ فيها المبولات بالثلج المهشم. الحمام كريه الرائحة والأرض خشنة من رقائق الثلج الذي لا يذوب. وحين ساعد ألبرت المدام على الوقوف كان ثوبها الأبيض مبللًا ببقع صفراء، وقد قذفت المدام بالزجاجة المهشمة على صاحب الدار. تتعثر في الزجاج والعطر فتسقط على راحتيها.

إنها تبكي وتنزف وتتكوم جوار المرحاض. والألم يلسعها. تقول: «آه يا والتر. إنه يلسع... يلسع».

عطر كل الحيتان الميتة في الجروح بيديها، وهو يلسعها.

صاحب الدار يجذب المدام نحوه وهي تضم يديها كأنما هي تصلي لكن يديها متباعدتان، والدم يجري على الراحتين وأسفل المعصم، فوق سوار ماسي، ثم إلى كوعيها.

ويقول صاحب الدار: «سيكون كل شيء على ما يرام يا نينا».

تقول المدام: «يداي يا والتر».

تقول المدام: «من يفعل هذا بي؟ من يمكن أن يكرهني إلى هذا الحد؟».

صاحب الدار يقول لألبرت: «هلا طلبت سيارة إسعاف؟».

هذه كانت أولى مهام تايلر كإرهابي ضد مهنة التخديم. رجل حرب عصابات. لقد ظل يمارس هذا أعوامًا لكنه يقول إن الأمر سيصير أمتع لو تقاسمه اثنان.

في نهاية قصة ألبرت يبتسم تايلر ويقول: «جميل».

ونعود إلى الفندق حيث المصعد الواقف بين طابقين، أخبر تايلر

كيف عطست في صلصة السمك المنقط في مؤتمر أطباء الأمراض الجلدية، وقد قال لي ثلاثة أشخاص إن الصلصة كانت مالحة جدًّا، وقال واحد إنها كانت طيبة المذاق.

يهز تايلر ما بقي منه فوق إناء الحساء. هذا أسهل مع الحساء البارد والبطاطس الممهوكة وحساء «فيشيسواز» أو «الجازباشو». لا يمكن عمل هذا مع حساء البصل الذي تكون على سطحه طبقة من الجبن الذائب. لو أكلت هنا في يوم من الأيام فلن أطلب إلا حساء البصل.

كنا قد بدأنا نفلس من الأفكار، وصار ما نقوم به للطعام مملًّا كأنه جزء من واجبات العمل. ثم سمعت أحد المحامين أو الأطباء ــ لا يهم ــ يقول إن جرثومة الالتهاب الكبدي تعيش على الفولاذ غير القابل للصدأ ستة أشهر.

سألت الطبيب عن السبيل الذي نحصل منه على جرثومة الالتهاب الكبدي. كان ثملًا بما يكفي كي يضحك.

كل شيء يذهب إلى مستودع النفايات الطبية. هذا ما يقول. ثم يضحك.

كل شيء.

أضع يدي على مفتاح المصعد، وأسأل تايلر إن كان مستعدًّا، إن الندبة على ظهر يدي منتفخة حمراء لامعة كشفتين تحملان نفس شكل قبلة تايلر.

يقول تايلر: «ثانية واحدة!».

لا بد أن صلصة الطماطم ما زالت ساخنة لأن الشيء الذي يعيده تايلر إلى سرواله الآن أحمر تمامًا كأنه جمبري عملاق.

١١

في أمريكا الجنوبية ـ أرض السحر ـ كان بوسعنا أن نخوض النهر حيث يسبح السمك الصغير في إحليل تايلر. للسمك أشواك تخرج وتدخل في جسده، ويتأهب لوضع البيض. وفي جميع الأحوال فإن طريقتنا في قضاء ليلة السبت يمكن أن تكون أسوأ.

يقول تايلر: «كان يمكن أن يكون أسوأ. هذا الذي فعلناه بأم مارلا». أقول له أن يخرس.

يقول تايلر: «كان بوسع الحكومة الفرنسية أن تأخذنا إلى مجموعة مبانٍ تحت الأرض خارج باريس، حيث يقتلع أعيننا لا الجراحون بل مجموعة من الفنيين متوسطي المهارة، وذلك بغرض قياس سمية دهان بالرش».

يقول تايلر: «هذه الأمور تحدث. فقط اقرأ الصحف».

أما ما هو أسوأ فهو أنني أعرف ما فعله تايلر بأم مارلا. للمرة الأولى منذ قابلته كان تايلر قد ربح بعض المال في اللعب. تايلر يمتلك بعض الدولارات الحقيقية. لقد اتصل نوردستروم وترك طلبًا بمائتي قطعة من صابون الوجه البني الخاص بتايلر قبل الكريسماس. لو حسبنا

قطعة الصابون بعشرين دولارًا ـ وهو سعر الجملة المقترح ـ لكان لدينا مال يكفي للخروج ليلة السبت. مال يكفي لإصلاح التسرب في أنبوب الغاز، يكفي لأن نذهب للرقص. لو كففت عن القلق بصدد المال لكان بوسعي أن أستقيل من عملي.

تايلر يدعو نفسه «شركة صابون بيبر ستريت». الناس يقولون إن هذا أفضل صابون في العالم. يقول تايلر: «كان الأسوأ ليقع لو أنك أكلت أم مارلا بطريق الخطأ».

أقول له أن يخرس بحق الجحيم، وفمي ممتلئ بدجاج «كونج باو». المكان الذي نحن فيه مساء السبت هذا هو مقعد أمامي في سيارة «إمبالا» موديل ١٩٦٨، تقف على إطارين فارغين في الصف الأمامي من معرض سيارات مستعملة. أنا وتايلر نتحدث، نحتسي الجعة من العلب. وهذا المقعد الأمامي أكبر من أرائك معظم الناس. في مهنة بيع السيارات يطلقون على هذه الساحات اسم «ساحات قدور المال»، حيث تقدر تكلفة كل سيارة بنحو مائتي دولار. وفي النهار يقف الغجر الذين يديرون هذه الساحات خارج مكاتبهم الخشبية، ويدخنون لفافات تبغ طويلة رفيعة.

هذه السيارات هي تلك السيارات المتداعية التي تكون أول ما يقوده الطلبة في المدرسة الثانوية: «جرملينز»، «بيسرز»، «ميفريكز»، «هونيتس»، «بنتو»، «كامارو»، «دستر»، «إمبالا». سيارات أحبها الناس ثم تخلصوا منها. حيوانات في الحظيرة. ثياب عُرس في «جودويل». خشب من اللدائن، وجلد من اللدائن، ودواخل كروم من اللدائن. في الليل لا يغلق الغجر أبواب السيارات.

الأضواء في الجادة تلتمع على السعر المكتوب على زجاج السيارة الأمامي العريض. شاهد الولايات المتحدة. السعر ٨٩ دولارًا. من الداخل يبدو الرقم كأنه ٨٩ بنسًا. صفر، صفر، علامة عشرية، ثمانية، تسعة. أمريكا تطالبك بالاتصال.

أكثر السيارات هنا سعرها في حدود ١٠٠ دولار، وكل السيارات عليها اتفاقية البيع (بحالتها) على الزجاج أمام السائق.

نحب «الإمبالا» لأنه لو أردنا النوم في سيارة ليلة السبت فإن هذه السيارة بها المقاعد الأكبر.

نأكل طعامًا صينيًّا لأنه ليس بوسعنا الذهاب إلى البيت. إما أن ننام هنا أو نظل ساهرين طيلة الليل في نادٍ للرقص. لكننا لا نذهب إلى أندية الرقص. تايلر يقول إن الموسيقى هناك صاخبة جدًّا، خاصة جيتار «الباص». إنه ينسف إيقاعك الحيوي. آخر مرة خرجنا فيها قال تايلر إن الموسيقى العالية تصيبه بالإمساك. وبعد كأسين من الشراب يشعر كل واحد بأنه مركز الاهتمام، لكنه منفصل تمامًا عن المشاركة مع أي واحد آخر.

أنت الجثة في قصة بوليسية بريطانية!

ننام في السيارة لأن مارلا جاءت إلى البيت وهددت باستدعاء الشرطة واعتقالي لأنني طهوت أمها. ثم خرجت من البيت وراحت تصرخ أنني غول وآكل لحوم بشر، وراحت تركل أعداد «الريدرز دايجست» و«ناشونال جيوجرافيك»، فتركتها هناك. باختصار.

بعد محاولتها المزيفة للانتحار بالزاناكس في فندق «ريجنت»،

ليس بوسعي أن أتصورها تطلب الشرطة، لكن تايلر رأى أنه من الحكمة أن ننام في الخارج هذه الليلة. على سبيل الاحتياط.

احتياطًا لأن تحرق مارلا البيت.

احتياطًا لأن تجد مارلا سلاحًا.

احتياطًا لأن تكون مارلا ما زالت في البيت.

أراقب وجه القمر الأبيض

النجوم لا تغضب

إلخ، إلخ، إلخ، النهاية

وينتهي الأمر هنا بعلبة بيرة في يدي، داخل السيارة «الإمبالا» بعجلة قيادتها الباردة الصلبة المصنوعة من «البكليت»، والتي يصل قطرها إلى ثلاث أقدام. والمقعد المصنوع من الفينيل يلدغ مؤخرتي عبر سروال الجينز. يقول تايلر: «مرة أخرى قل لي ما حدث بالضبط».

لعدة أسابيع تجاهلت ما كان يدبره تايلر. ذات مرة ذهبت مع تايلر إلى مكتب البريد وشاهدته وهو يرسل برقية إلى أم مارلا.

«أنا مجعدة بشكل فظيع (قف). أرجوكِ ساعديني (قف)».

وأخرج للموظف بطاقة مكتبة مارلا ووقع باسمها على البرقية.

وصاح أن نعم. يمكن أن يكون اسم مارلا لرجل. لهذا لم يستطع الموظف إلا أن يهتم بشؤونه الخاصة.

وإذ غادرنا مكتب البريد قال تايلر إن عليَّ أن أثق به إذا كنت أحبه.

لم أكن بحاجة إلى معرفة هذا. ثم أخذني تايلر إلى مطعم «جاربونزو» لالتهام الحمص.

ما أثار رعبي ليس البرقية بل أن تايلر لم يعد يسيطر على نفسه. لم أرَ تايلر قَطُّ يدفع المال نقدًا لأي شيء. بالنسبة إلى الثياب فإن تايلر يذهب إلى الأندية والفنادق، ويزعم أنه يجمع الثياب لجمعيات البحث عن المفقودين. هذا أفضل من مارلا التي تقصد المغاسل العامة لتسرق سراويل الجينز من المجففات، وتبيعها مقابل ١٢ دولارًا في الأماكن التي تبتاع الجينز المستعمل. تايلر لا يأكل في المطاعم أبدًا، ومارلا لم تصب بالتجاعيد.

بلا سبب واضح أرسل تايلر إلى أم مارلا صندوق شوكولاتة يزن خمسين رطلًا.

يقول لي تايلر حيث جلسنا في «الإمبالا» إن هذه العطلة كان يمكن أن تكون أسوأ بسبب العنكبوت الناسك البني. حينما يعضك لا يحقنك بالسم فحسب، بل بإنزيم هاضم يذيب الأنسجة حول العضة، أي أنه يذيب ذراعك أو وجهك حرفيًّا.

كان تايلر يتوارى هذه الليلة حين حدث كل هذا. ظهرت مارلا في البيت دون أن تدق الباب، وتنحني صائحة: «توك توك!».

أنا أقرأ «ريدرز دايجست» في المطبخ. شاردًا بالكامل.

تقول مارلا: «تايلر، هل لي أن أدخل؟ هل أنت في الدار؟».

أصيح فيها أن تايلر ليس بالدار.

تقول مارلا: «لا تكن سافلًا».

الآن أنا عند الباب الأمامي. مارلا تقف في البهو ومعها طرد

يحمل شعار «فيدرال إكسبريس» وتقول: «أردت وضع شيء في الفريزر عندكم».

أتبعها إلى المطبخ وأنا أردد لا.

لا.

لا.

لا.

لن تبدأ في تخزين مهملاتها في هذا البيت.

مارلا تقول: «ليس لديَّ فريزر في الفندق، وأنت تقول إن هذا بوسعي».

لا، لم أقل. آخر ما أريده هو أن تحضر مارلا جزءًا من مخلفاتها في كل مرة.

مارلا قد فتحت طرد «فيدرال إكسبريس» على منضدة المطبخ، وأخرجت شيئًا من تغليف «الستيروفوم» وهزت هذا الشيء الأبيض في وجهي، تقول: «هذه ليست مهملات، هذه أمي التي تتكلم عنها. لذا اغرب عن وجهي».

ما تخرجه مارلا من الطرد هو واحد من الأكياس ذات المحتوى الأبيض التي استخرج منها تايلر الشحم.

يقول تايلر: «كان يمكن للأمور أن تسوء أكثر لو أنك بالمصادفة أكلت محتويات هذه الأكياس. لو نهضت في منتصف الليل، وعصرت إفراز أحد هذه الأكياس وأضفت إليه خليط حساء بصل كاليفورنيا ثم التهمته مع رقائق البطاطس أو البروكلي».

كان أكثر شيء أريده في العالم هو ألا تفتح مارلا الفريزر.

سألتها عما ستفعله بالمادة البيضاء.

قالت: «شفاه باريسية، كلما تقدمت في العمر انسحبت شفتاك إلى داخل فمك، لهذا أدخر لجراحة حقن للشفتين بالكولاجين. لديَّ نحو ثلاثين رطلًا من الكولاجين في الفريزر».

سألتها عن الحجم الذي تريد أن تنفخ شفتيها إليه.

تقول مارلا إن الجراحة نفسها هي ما يثير قلقها.

أخبر تايلر في «الإمبالا» أن المادة في طرد «فيدرال إكسبريس» هي ذات المادة التي صنعنا منها الصابون. منذ اتضح أن السيليكون خطر، صار الكولاجين هو المادة الأهم لإزالة التجاعيد ولنفخ الشفاه. شرحت لي مارلا أنك تحصِّل على الكولاجين رخيصًا من دهن الأبقار الذي تم تعقيمه وتعبئته. لكن هذا الكولاجين الرخيص لا يبقى طويلًا في جسدك. لو حقنت به يطرده الجسد وبعد ستة أشهر تعود شفتاك نحيلتين.

أفضل الكولاجين هو دهنك الخاص يتم امتصاصه من فخذيك ويعقم ثم يحقن في شفتيك أو حيث تريد. هذا النوع من الكولاجين يدوم.

الشيء الموجود في الفريزر هو رصيد مارلا المدخر من الكولاجين. فكلما ازدادت أمها سمنة، أجرت جراحة شفط وتعبئ هذا الدهن. وتقول مارلا إن العملية تدعى «التلقيط». لو لم تحتج أم مارلا إلى الكولاجين ترسل بالطرود إلى مارلا. ليس لدى مارلا دهن

خاص بها، وأمها تعتقد أن كولاجين الأسرة سيكون أفضل لمارلا من دهن البقر الرخيص.

أضواء الشارع عبر الجادة تدخل إلى النافذة فتطبع على خد تايلر كلمة «**بحالتها**».

يقول تايلر: «العناكب تستطيع أن تبيض، واليرقة تخترق الطريق تحت جلدك. هذا هو أسوأ ما يمكن أن تصير إليه حياتك».

أشعر في هذه اللحظة بأن شطيرة الدجاج باللوز التي آكلها، بصلصتها الدافئة لها مذاق الدهن الذي تم شفطه من فخذي أم مارلا.

في تلك اللحظة ـ وأنا أقف في المطبخ مع مارلا ـ فهمت ما فعله تايلر. **مجعدة بشكل فظيع.**

وعرفت لماذا أرسل الحلوى إلى أم مارلا.

أرجوكِ ساعديني.

أقول لمارلا: ليس من مصلحتك أن تنظري في الفريزر.

مارلا تقول: «أفعل ماذا؟».

يخبرني تايلر في «الإمبالا»: «نحن لا نأكل اللحم الأحمر أبدًا» وليس بوسعه استعمال دهن الدجاج لأن الصابون لن يتجمد في شكل قطع. أقول إنه كان عليه أن يخبر مارلا. الآن تعتقد أنني مَن فعل هذا.

يقول تايلر: «التصبن، هو التفاعل الكيماوي الذي تحتاج إليه لتصنع صابونًا جيدًا، لن يصلح دهن الدجاج أو أي دهن به ملح أكثر من اللازم».

يقول تايلر: «اسمع. إن لدينا طلبية كبرى، كل ما علينا هو أن نرسل إلى أم مارلا بعض الشوكولاتة، وربما بعض كعك الفاكهة». لا أعتقد هذا يصلح.

لنختصر القصة، نظرت مارلا إلى داخل الفريزر. في البداية كانت هناك مشاجرة صغيرة. أحاول أن أوقفها، فتسقط حقيبتها فوق مشمع الأرضية، فننزلق معًا فوق القذارة البيضاء المشحمة. أمسك بخصر مارلا من الخلف. شعرها الأسود يضرب وجهي. ذراعاها إلى جانبيها. أقول لها مرارًا ومرارًا إنني لست من فعل هذا.

«أمي! أنت تسكبها في كل مكان!».

أخبرها أننا كنا بحاجة إلى عمل صابون. كان عليَّ أن أغسل سروالي، أن ندفع الإيجار، أن نصلح الثقب في خط الغاز. لم يكن أنا! تايلر هو الفاعل.

تقول مارلا: «ما الذي تتحدث عنه؟». وتجمع تنورتها. أحاول النهوض من الأرض الزلقة ممسكًا ملء ذراعي من تنورتها القطنية، ومارلا ـ التي صارت بسروالها الداخلي وحذائها ذي الكعب العالي وبلوزتها ـ تفتح الفريزر. وبالداخل لا يوجد رصيد من الكولاجين. هناك بطاريتان ولا شيء غير هذا.

«أين هي؟».

أنا أزحف إلى الوراء، يداي تنزلقان، حذائاي ينزلقان فوق المشمع. مؤخرتي تمسح مسارًا نظيفًا في المستنقع بعيدًا عن مارلا والثلاجة. أرفع التنورة لوجهي كي لا أرى مارلا وأنا أخبرها الحقيقة.

لقد صنعنا منه صابونًا. منها. من أم مارلا.

«صابون؟».

صابون. تغلي الدهن وتخلطه بصودا الغسيل، تحصل على الصابون.

حين بدأت مارلا تصرخ رميت بالتنورة في وجهها وجريت.

مارلا تركض ورائي، تتدحرج في الأركان، تنزلق.

تترك بصمات يد قذرة من الشحم وقذارة الأرضية على ورق الحائط، تطلب المدد، تجري.

مارلا تصرخ: «أنت غليت أمي!».

تايلر غلى أمها.

الباب الأمامي كان ما زال مفتوحًا.

لهذا فررت منه بينما مارلا تصرخ في فتحته من خلفي. لم تنزلق قدماي على خرسانة الممشى وواصلت الجري. حتى وجدت تايلر أو وجدني تايلر. وحكيت له ما حدث.

أمسك كل منا علبة بيرة وتمدد على المقعد الأمامي أو الخلفي. حتى هذه اللحظة لا بد أن مارلا في البيت، ترمي بالمجلات في الجدار وتصرخ كيف أنني حقير، ووحش ورأسمالي ذو وجهين، ووغد منحرف. الأميال بين مارلا وبيني تمتلئ بالحشرات وسرطان الجلد والفيروسات آكلة اللحم. أنا الآن في مكان ليس بهذا السوء.

يقول تايلر: «حين يضرب البرق إنسانًا يحترق رأسه ليصير كرة بيسبول متفحمة. ويغلق زمامه نفسه».

أسأله إن كنا وصلنا الحضيض الليلة.

فيضطجع تايلر ويقول: «لو كانت مارلين مونرو حية هنا الآن، فماذا كانت ستفعله؟».

أقول له: ليلة سعيدة.

يقول تايلر: «كانت ستغرس مخالبها في غطاء تابوتها».

١٢

يقف رئيسي جوار مكتبي بابتسامته الخفيفة، وشفتاه ملتصقتان مشدودتان، وسوأته تلامس كوعي. أكون منهمكًا في كتابة خطاب تغطية لحملة استرداد منتج. وهذه الخطابات تبدأ دومًا بذات الطريقة:

«هذه الملحوظة ترسل إليك بالاتفاق مع متطلبات قانون سلامة المركبات القومي. لقد قررنا أن هناك خللًا موجودًا...».

هذا الأسبوع كنت أستخدم صيغة المسؤولية عن الخسائر، لأن أ × ب × ج كانت تساوي أكثر من تكاليف الاسترداد.

هذا الأسبوع كانت المشكلة هي المشبك البلاستيكي الصغير الذي يمسك بالمطاط في مساحات الزجاج. قطعة تافهة. هناك مائتا مركبة فقط تأثرت بالموضوع. وهذا لا يقارن بتكاليف العمل.

الأسبوع الماضي كان الوضع أكثر نموذجية. كان يتعلق ببعض الجلد الذي تم دبغه بمادة كيميائية تسبب تشوهات الحمل، مثل «النيريت» الصناعي أو شيء يشبهه لكنه ما زال يستعمل في الدباغة في العالم الثالث. شيء قوي إلى درجة أنه قد يسبب تشوهات الجنين

لدى أي امرأة حامل تتعامل معه. الأسبوع الماضي لم يتصل أحد بإدارة المركبات، ولم يطالب أحد باسترداد المنتج.

ثمن الجلد الجديد مضروبًا في تكاليف العمل مضروبًا في تكاليف الإدارة يساوي أكثر من ربع أرباحنا. لو اكتشف أحدهم خطأنا فما زال بوسعنا تعويض عائلات كثيرة حزينة قبل أن نقترب من تكلفة تغيير ٦٥٠٠٠ بطانة جلدية.

إلا أننا في هذا الأسبوع نقوم بحملة استرداد منتج وقد عاد لي الأرق. الأرق. الآن يبدو كأن العالم كله قد قرر أن يقف ويلقي مخلفاته فوق قبري.

رئيسي يلبس ربطة عنقه الرمادية فلا بد أن اليوم هو الثلاثاء.

يحضر لفافة ورق لمكتبي ويسألني عما إذا كنت أبحث عن شيء ما. هذه الأوراق نسيها أحدهم في آلة النسخ ويقرأ:

«أول قاعدة لنادي القتال هي أنك لا تتكلم عن نادي القتال».

وتدور عيناه من جانب إلى آخر في الورقة ويضحك.

«ثاني قاعدة لنادي القتال هي أنك لا تتكلم عن نادي القتال».

أسمع كلمات تايلر تخرج من رئيسي. السيد المدير الذي يضع صورة أسرته على مكتبه، وأحلامه عن التقاعد المبكر، وقضاء الشتاء في معسكر في صحراء «أريزونا». السيد المدير بقمصانه المنشاة أكثر من اللازم وموعد حلاقة الشعر كل ثلاثاء بعد الغداء. ينظر إليَّ ويقول: «آمل ألا تكون هذه تخصك».

أنا غليان دم جو من الغضب.

طلب مني تايلر أن أطبع قواعد نادي القتال وأنسخها عشر مرات.

ليست تسعًا ولا إحدى عشرة. يقول تايلر: عشر. لكن ما زلت أعاني الأرق ولا أذكر أنني نمت منذ ثلاث ليالٍ. لا بد أن هذا هو الأصل الذي كتبته. صنعت عشر نسخ ونسيت الأصل. ضوء آلة النسخ في وجهي. ابتعاد كل شيء عنك الذي يسببه الأرق. نسخة من نسخة من نسخة. لا تستطيع لمس شيء ولا يستطيع شيء لمسك.

ويواصل رئيسي القراءة:

«ثالث قاعدة لنادي القتال رجلان فقط لكل معركة».

لا يرمش أحدنا بعينيه.

يواصل رئيسي القراءة:

«معركة واحدة في كل مرة».

لم أنم منذ ثلاثة أيام ما لم أكن نائمًا الآن. رئيسي يهز الورقة تحت أنفي. ويقول ما هذا؟ هل هي لعبة ألعبها على حساب وقت الشركة؟ إنني أتقاضى راتبي كي أكون منتبهًا لا لألعب لعبة حرب سخيفة. لا أتقاضى راتبي كي أسيء استعمال آلات النسخ.

ما هذه؟ ويهز الورقة تحت أنفي. ما رأيي؟ ماذا يجب عمله مع مستخدم يضيع وقت الشركة في عالم خيالي صغير؟ لو كنت في مكانه فماذا كنت أفعله؟

الفجوة في خدي والانتفاخ الأزرق حول عيني وندبة قبلة تايلر الحمراء على ظهر يدي. نسخة من نسخة من نسخة.

تخمينات.

بحق الأبقار الهندوسية لماذا يريد تايلر عشر نسخ من قواعد نادي القتال؟

أقول لرئيسي إن ما سأفعله هو أن آخذ حذري ممن أتكلم معه.
يبدو لي أن قاتلًا مختلًا نفسيًّا كتب هذا الكلام، وهذا المخبول قد
يفقد صوابه في أي لحظة في أثناء العمل، ويهاجم المكاتب بسلاح
شبه أوتوماتيكي من طراز «أرماليت أر ـ ١٨٠».

يكتفي المدير بالنظر إليَّ.

أقول إنني أعتقد أن ذلك الشخص يعود إلى البيت كل ليلة، ومعه
مبرد مدبب، ويبرد صليبًا على كل واحدة من طلقاته. بهذه الطريقة
حين يظهر في العمل ذات صباح، ويفرق طلقة في رئيسه اللحوح
المزعج عديم النفع القذر، فإن الطلقة ستنفجر عبر الأخاديد التي
بردها، مثلما يحدث للرصاص «الدم دم» الذي ينفجر داخلك، فيبعثر
أحشاءك القذرة عبر ثقوب عمودك الفقري. تخيل أحشاءك تنفتح
بالحركة البطيئة مع انفجار غشاء السجق الذي يغلف أمعاءك الدقيقة.

يأخذ رئيسي الورقة من تحت أنفي.

أقول: هَلُم اقرأ المزيد.

أقول: يبدو الأمر ساحرًا. عمل عقل مريض تمامًا.

وأضحك. إن حواف الفجوة في خدي لها نفس اللون الأزرق
المسود الذي تراه في لثة الكلب. والجلد المشدود حول عيني يبدو
كأنما هو مدهون بالورنيش.

فقط ينظر إليَّ الرئيس.

أقول: دعني أساعدك.

أقول: القاعدة الرابعة لنادي القتال هي معركة واحدة في كل مرة.

ينظر رئيسي إلى القواعد ثم إلى وجهي.

أقول: القاعدة الخامسة لنادي القتال هي لا أحذية. لا قمصان.

ينظر رئيسي إلى القواعد ثم إلى وجهي.

أقول له إن ذلك المخبول ربما يستعمل بندقية «إيجل أباشي» لأن مخزن «الأباشي» يستوعب ثلاثين طلقة ويزن فقط تسعة أرطال. بينما «الأرماليت» تستوعب فقط خمس طلقات. بثلاثين طلقة يستطيع بطلنا المخبول تمامًا أن يقضي على كل نائب مدير، وتبقى معه طلقات تكفي لكل مدير.

إنها كلمات تايلر تخرج من فمي. أنا الذي كنت دومًا إنسانًا لطيف المعشر.

أنظر إلى رئيسي. إن له عينين زرقاوين، باهتتين، زرقاوين.

إن البندقية «جي آر ٦٨» بدورها تستوعب كذلك ثلاثين طلقة، وتزن سبعة أرطال.

فقط ينظر إليَّ الرئيس.

أقول: هذا مخيف. لا بد أنه عرف ذلك الشخص عدة أعوام. ربما يعرف هذا الشخص كل شيء عنه. يعرف أين يعيش وأين تعمل زوجته وأي مدرسة فيها أطفاله.

هذا مرهق، بل هو ممل في لحظة ما.

ولماذا يحتاج تايلر إلى عشر نسخ من قواعد نادي القتال؟

ما يجب ألا أقوله هو علمي ببطانة المقاعد الجلدية التي تؤدي إلى تشوهات الأجنة. أعرف موضوع بطانة الفرامل المزيفة التي تبدو سليمة حتى تخدع وكلاء المشتريات، لكنها تتلف بعد ألفي ميل. أعرف عن ريوستات جهاز التكييف الذي يسخن حتى يحرق

الخرائط التي تحتفظ بها في التابلوه. أعرف الآلاف الذين يحترقون أحياء بسبب شرارة حاقن الوقود. رأيت أرجل الناس مبتورة عند الركبة، لأن شاحنات «التيربو» تنفجر وترسل ريشها عبر جدار النار الواقي لتضرب الراكب. كنت في الحقل ورأيت السيارات المتفحمة وقرأت التقارير التي تصف **أسباب الحادث** بأنها «غير معروفة».

لا. أقول إن الأوراق لا تخصني. آخذ الورقة من بين أصابعه. لا بد أن الحافة جرحت إبهامه لأن يده ارتفعت إلى فمه. وهو يمتص بقوة وقد اتسعت عيناه. أكور الورقة وألقي بها في سلة المهملات.

أقول: ربما ليس من واجبك أن تجلب لي كل قطعة مهملات تجدها.

ليلة الأحد. أقصد «الرجال الباقون معًا» وقبو «الثالوث المقدس الأسقفية» خالٍ تمامًا. بوب الكبير فقط وأنا. أتجه نحوه وكل عضلة تؤلمني، لكن قلبي ما زال يركض، وأفكاري إعصار في رأسي. هذا هو الأرق. طيلة الليل أفكارك في الهواء.

طيلة الليل تفكر: هل أنا نائم؟ هل نمت؟

تخرج ذراعا بوب من كُمي التيشيرت ممتلئتين بالعضلات، ولشد ما تلمعان. بوب الكبير يبتسم. إنه سعيد لأنه رآني.

حسبني ميتًا.

أقول له: وأنا كذلك.

يقول بوب: «حسنٌ، لديَّ أخبار طيبة».

لكن أين الجميع؟

«هذه هي الأخبار الطيبة، لقد تشتت المجموعة. أنا فقط آتي هنا لأخبر أي شخص أجده بهذا».

ألقي بنفسي على إحدى الأرائك مغمض العينين.

يقول بوب: «الأخبار الطيبة هي أن هناك مجموعة جديدة. لكن أول قاعدة لهذه المجموعة هي أن عليك ألا تتكلم عنها».

يقول بوب: «والقاعدة الثانية هي أن عليك ألا تتكلم عنها».

يا للعنة! أفتح عينَي.

يقول بوب: «المجموعة اسمها نادي القتال، وتلتقي مساء كل جمعة في مرأب مغلق عبر المدينة. وفي ليالي الخميس هناك نادي قتال آخر يلتقي في مرأب قريب».

لا أعرف شيئًا عن هذه الأماكن.

يقول بوب: «القاعدة الأولى لنادي القتال هي ألا تتكلم عن نادي القتال».

ليلة السبت يذهب تايلر معي إلى نادي القتال.

«فقط رجلان لكل معركة».

صباح الأحد نعود إلى البيت مضروبين وننام حتى الظهر.

يقول بوب: «معركة واحدة في كل مرة».

يوم الأحد ويوم الاثنين يقوم تايلر بالخدمة على الموائد.

«تقاتل بلا قميص ولا حذاء».

ليلة الثلاثاء. يصنع تايلر الصابون ويلفه في مناديل ورقية ويشحنه.

«شركة صابون بيبر ستريت».

يقول بوب: «المعارك تستمر ما دامت يجب أن تستمر. هذه هي القواعد التي اخترعها واحد هو الذي اخترع نادي القتال».

يسأل بوب: «هل تعرفه؟».

يقول بوب الكبير: «لم أره قَطُّ، اسمه هو تايلر دردن».

«شركة صابون بيبر ستريت».

هل أعرفه؟

أقول: لا أدري.

ربما.

١٣

حين أتوجه إلى فندق «ريجنت» أجد مارلا في الردهة تلبس روبًا. لقد اتصلت بي مارلا في العمل وسألتني أن أفوت موعد الجمنازيوم أو المغسلة أو المكتبة أو الشيء الذي انتويت القيام به بعد العمل، وأن أذهب لأراها.

لهذا اتصلت مارلا، لأنها تكرهني.

لا تتكلم عن رصيدها من الكولاجين.

ما تقوله هو هل بوسعي أن أقدم لها خدمة؟ كانت ترقد في الفراش هذا الصباح، وهي تعيش على الوجبات التي تجلبها هيئة «وجبات على عجلات» لجيرانها الموتى. تتسلم مارلا الوجبات وتزعم أن جيرانها نيام. للاختصار، كانت مارلا راقدة في الفراش هذا الصباح تنتظر قدوم «وجبات على عجلات» بين الظهيرة والثانية مساء. لم يكن لمارلا تأمين صحي طيلة العامين الماضيين لذا كفت عن البحث في نفسها، إلا أنها وجدت هذا الصباح نتوءًا وعقدًا لمفاوية تحت إبطها. وهذه العقد كانت صلبة وحساسة للألم في الوقت ذاته، ولم تستطع أن تخبر بهذا أحدًا ممن تحب كي لا تفزعهم، وليس معها المال

١١٣

الكافي لطلب رأي طبيب. لكنها بحاجة إلى أن تتكلم مع أحدهم، وتطلب منه أن يرى.

لون عينَي مارلا البنيتين كلون حيوان تم تسخينه في فرن ثم ألقي في الماء البارد.

تقول مارلا إنها ستسامحني على موضوع الكولاجين لو ساعدتها بإلقاء نظرة.

أعتقد أنها لم تطلب تايلر لأنها لا تريد أن تثير رعبه. أنا متعادل بالنسبة إليها وأدين لها بهذا.

نصعد إلى أعلى لغرفتها، وتخبرني مارلا كيف أنك في البرية لا ترى الحيوانات المسنة، لأنها بمجرد أن تشيخ تموت. لو مرضت أو أبطأت يقتلها شيء أقوى. الحيوانات لم تخلق لتتقدم في العمر.

ترقد مارلا على الفراش وتفك ربطة الروب وتقول إن ثقافتنا قد جعلت الموت شيئًا معيبًا. لا بد أن الحيوانات المسنة استثناء خارق للطبيعة.

شواذ.

مارلا باردة تعرق بينما أخبرها كيف كانت عندي ثؤلولة أيام الكلية. وكانت على عضوي الذكري. ذهبت للمدرسة الطبية كي أزيلها، وبعد هذا أخبرت أبي. كان هذا بعد أعوام فضحك أبي وقال إنني أحمق. لأن الثآليل هي نوع من وسائل الاستثارة في الطبيعة كأنها جهاز دغدغة. النساء يحببنها.

أركع جوار فراش مارلا ويداي باردتان بسبب الجو في الخارج. أتحسس جلدها البارد ببطء. وأفرك جزءًا صغيرًا من مارلا بين أصابعي

مع كل بوصة. تقول مارلا إن وسائل الاستثارة هذه ـ الثآليل ـ تسبب سرطان عنق الرحم للنساء.

هكذا كنت جالسًا على الحزام الورقي في غرفة الفحص، بينما طالب طب يرش النيتروجين السائل من علبة على عضوي، وثمانية طلاب طب يراقبون. هكذا ينتهي بك الأمر لو لم يكن عندك تأمين صحي. لو لم يطلقوا عليه اسم «عضو» فإنهم يطلقون عليه اسم «أير»، ومهما كان اسمه فإنهم يرشونه بالنيتروجين السائل فيبدو الأمر كأنما هم رشوه بصودا الغسيل. ألمْ يفوق الوصف!

تضحك مارلا لهذا. حتى تجد أن أصابعي توقفت، كأنني وجدت شيئًا.

تكف مارلا عن التنفس، وكأن قلبها قبضة تضرب بعنف عبر غشاء طبل مشدود. لكنني توقفت لأنني أتكلم، ولأننا للحظة لم نعد في غرفة نوم مارلا. كنا في مدرسة الطب منذ أعوام جالسين على الورق اللزج، وعضوي الذكري يحترق بالنار من النيتروجين السائل، وأحد طلبة الطب رأى قدمي العارية فغادر الغرفة سريعًا بخطوتين واسعتين. ثم عاد وخلفه ثلاثة أطباء حقيقيين، وأزاحوا الرجل الذي يحمل العلبة جانبًا.

طبيب حقيقي قبض على قدمي الحافية وطوحها في وجه الطبيبين الحقيقيين الآخرين. وقلبها الثلاثة والتقطوا لها صور «بولارويد» فورية، وكأنما باقي الرَّجل نصف العاري نصف المكتسي لم يكن له وجود. فقط القدم. وتزاحم باقي طلبة الطب ليروا.

وسألني طبيب: «منذ متى تلك البقعة الحمراء على قدمك؟».

كان يتحدث عن وحمة. على قدمي اليمنى وحمة كان أبي يتندر ويقول إنها تبدو كأستراليا حمراء داكنة، مع نيوزيلندا صغيرة جوارها. هذا ما حكيته لهم ففرغ الهواء من رئاتهم جميعًا من فرط الضحك.

كان عضوي الآن قد بدأ يذوب من الثلج. تركني الجميع ما عدا طالب الطب الذي يحمل النيتروجين، وبدا أنه كان ليتمنى الانصراف هو الآخر. كان يشعر بخيبة أمل حتى إنه لم ينظر إلى عيني، وهو يتناول العضو ويشده. ومن العلب خرج رذاذ خفيف على ما تبقى من الثؤلولة. يمكنك أن تغمض عينيك وتتخيل أن عضوك طوله مئات الأميال، لكنه ما زال يؤلم.

مارلا تنظر إلى الندبة في موضع قبلة تايلر.

قلت لطالب الطب: لا بد أنكم لا ترون وحمات كثيرة هنا.

ليس الأمر كذلك. هذا ما قاله. لقد اعتقد الجميع أن الوحمة سرطان. ذلك النوع الجديد من السرطان الذي يصيب الشباب. يصحون من النوم ليجدوا تلك البقعة الحمراء على أرجلهم أو كاحلهم. هذه البقع لا تزول. بل تنتشر حتى تغطيك وتموت.

قال طالب الطب إن الجميع تحمسوا لأنهم حسبوك مصابًا بهذا السرطان الجديد، فقد أصيب به قليلون لكنه ينتشر.

كان هذا منذ أعوام وأعوام.

أقول لمارلا إن السرطان سيكون كهذا. ربما وقعت أخطاء ومن المهم ألا تنسي بقية جسدك لمجرد أن جزءًا صغيرًا مرض.

تقول مارلا: «ربما».

لقد أنهى الطالب ذو النيتروجين عمله وأخبرني أن الثؤلولة ستسقط

خلال أيام قليلة. على ورق الملاحظات المجاور لي صورة فورية لقدمي لم يعد أحد يريدها. سألته إن كان بوسعي أخذ الصورة؟

وما زالت في غرفتي محشورة في إطار المرآة. أسرح شعري أمام المرآة قبل ذهابي للعمل كل يوم، وأفكر كيف أنه كان عندي سرطان لمدة عشر دقائق. أسوأ من السرطان.

أخبر مارلا كيف أن عيد الشكر هذا العام كان أول عيد شكر لم أذهب فيه مع جدي للتزلج، برغم أن سمك الجليد بلغ ست أقدام. كانت جدتي تضع دائمًا تلك الضمادات على جبهتها وذراعيها حيث تلك الشامات التي لديها، لم تكن على ما يرام. إنها تنتشر ثم يتحول لونها من البني إلى الأسود أو الأزرق.

حين خرجت من المستشفى آخر مرة كان جدي يحمل حقيبتها، وكانت ثقيلة إلى درجة أنه شعر بأنه غير متوازن. كانت جدتي ذات الأصل الكندي الفرنسي خجولًا، حتى إنها لم ترتدِ ثوب استحمام أمام الناس قَطُّ، وكانت تفتح الماء في المغطس لتغطي أي صوت يخرج منها في الحمام. خارجة من مستشفى «لادي أوف لوردز» بعد استئصال جزئي لثديها. تقول: «هل تشعر بالدوار؟».

بالنسبة إلى جدي هذا يلخص كل شيء. جدتي، السرطان، زواجهما، حياتهما. وهو يضحك كلما حكى تلك القصة.

مارلا لا تضحك. أريد أن أجعلها تضحك، أن أمنحها الدفء. أن أجعلها تسامحني على موضوع الكولاجين. أريد أن أخبرها أنني لا أجد شيئًا. لو وجدت هي شيئًا هذا الصباح فهو خطأ. وحمة. مارلا تحمل ندبة قبلة تايلر على ظهر يدها.

أريدها أن تضحك لذا لا أخبرها عن آخر مرة احتضنت فيها كلوي. كلوي بلا شعر، هيكل عظمي مغموس في الشمع الأصفر، بإيشارب حريري حول رأسها الأصلع. احتضنت كلوي مرة أخيرة قبل أن تختفي للأبد. أخبرتها أنها تبدو كالقراصنة، فضحكت. حين أذهب إلى الشاطئ أجلس وقدمي اليمنى تحتي. أستراليا ونيوزيلندا. أو أدفنها في الرمل. أخشى أن يرى الناس هذه الوحمة فأموت في أذهانهم. السرطان الذي ليس عندي موجود في كل مكان الآن. لا أخبر مارلا بهذا.

هناك أشياء كثيرة لا يفيدنا أن نعرفها عن الناس الذين نحبهم. لأضحكها أخبر مارلا عن المرأة في برنامج «عزيزتي آبي» التي تزوجت متعهد جنازات ناجحًا وسيمًا، وفي ليلة الدخلة غمرها في حوض من الماء المثلج حتى صار جلدها غير قابل للمس، ثم جعلها تنام في الفراش ساكنة تمامًا كلما ضاجعها.

المضحك أن المرأة اعتبرت هذه من طقوس ليلة الزفاف، وقضت عشر سنوات تمارس هذه الطريقة، إلى أن كتبت إلى «عزيزتي آبي» تسأل إن كانت آبي تعتقد أن لهذا معنى ما!

١٤

لهذا أحببت مجموعات مساندة المرضى للغاية. إن الناس إذا اعتقدوا أنك تحتضر، يعطونك كامل اهتمامهم.

إذا كانت هذه هي آخر مرة يرونك فيها فإنهم يرونك حقًّا، وينسون كل شيء آخر عن دفاتر شيكاتهم وأغاني الراديو والعناية بشعرهم.

إنك تظفر باهتمامهم الكامل.

الناس هنا يصغون بدلًا من انتظار دورهم للكلام.

وحين يتكلمون لا يحكون لك قصة. حينما تتكلمان معًا تبنيان شيئًا، وحينما تنتهيان يغدو كل منكما مختلفًا عمَّا كان.

بدأت مارلا تذهب إلى مجموعات المساندة بعدما وجدت النتوء الأول.

وصبيحة عثورنا على النتوء الثاني تواثبت إلى المطبخ وساقاها في رجل واحدة من جوربها الكولون، وقالت: «انظر. أنا عروس بحر!».

قالت مارلا: «ليس هذا مثل ما يفعله الرجال حين يجلسون على المرحاض ويتظاهرون بأنه دراجة بخارية. هذا شيء مبتكر».

قبل هذا مباشرة قابلت مارلا في مجموعة «الرجال الباقون معًا» وكانت تعاني النتوء الأول. الآن صار هناك نتوء ثانٍ.

لكن عليك أن تعرف أن مارلا ما زالت حية. قالت لي مارلا إن فلسفتها في الحياة هي أنها قد تموت في أي لحظة. ومأساة حياتها أنها لا تفعل هذا.

حين وجدت مارلا النتوء الأول ذهبت إلى عيادة حيث جلست الأمهات الشبيهات بأخيلة المآتة على مقاعد بلاستيكية متراصة على ثلاثة جوانب، بأطفال كُسحان كالدمى على حجورهن أو عند أقدامهن. كان للأطفال سواد حول أعينهم كما يحدث للموز حين يفسد وينكمش. والأمهات يهرشن كتلًا من قشر الشعر الذي سببته الفطريات. كانت الأسنان تبدو عملاقة في الوجوه الناحلة. ترى الأسنان كأنها شظايا عظام تخرج من الجلد لتطحن الأشياء.

هكذا ينتهي بك الحال لو لم يكن عندك تأمين صحي.

قبل أن يعرف أحد شيئًا، أراد الكثير من الشواذ جنسيًّا أن يُرزقوا أطفالًا، والآن مرض الأطفال بينما أمهاتهم يحتضرن وآباؤهم ماتوا بالفعل. يجلسون وسط رائحة القيء والبول والخل، بينما الممرضة تسأل كل أم منذ متى هي مريضة، وما إذا كان لابنها والد حي أو كفيل. تقول مارلا: لا.

لو كانت ستموت فهي لا تريد أن تعرف هذا.

مشت مارلا من العيادة إلى مغسلة المدينة، وسرقت كل سراويل الجينز من آلات التجفيف، ثم اتجهت إلى بائع أخذ منها السروال

بخمسة عشر دولارًا. وابتاعت لنفسها جوربًا بكولون. النوع الممتاز الذي لا ينزلق لأسفل.

تقول مارلا: «لا يوجد شيء ثابت. كل شيء يسقط!».

لقد بدأت مارلا ترتاد جماعات المساندة لأنها وجدت أنه من الأفضل أن تهتم بقاذورات البشر الآخرين. كل إنسان فيه شيء ما خطأ. ولفترة شعرت باستقرار في قلبها.

ثم بدأت مارلا عملًا في إعدادات الجنائز في مستودع للجثث. حيث يخرج الرجال البدينون أو ـ على الأرجح ـ النساء البدينات من غرفة العرض حاملين جرة حفظ رماد الموتى، في حجم مظروف البيضة. وتجلس مارلا في البهو بشعرها المعقوص وجوربها ذي الكولون والنتوء في صدرها. وتقول: «مدام. لا تتملقي نفسك. لن نستطيع وضع رأسك المتفحم وحده في هذه الجرة الصغيرة. عودي إلى المعرض واختاري جرة في حجم كرة البولينج».

كان قلب مارلا يبدو كوجهي تمامًا، معبرًا عن فوضى العالم. فضلات استهلاك قذرة لن يهتم أحد بإعادة تدويرها.

أخبرتني مارلا ـ أنها ـ ما بين مجموعات المساندة والعيادة ـ قابلت الكثيرين ممن ماتوا الآن. هؤلاء الناس ماتوا لكنهم يتصلون ليلًا بها من الجانب الآخر. كانت مارلا تذهب إلى البارات فتسمع الساقي ينادي اسمها. وحين تذهب لتلقي المكالمة تجد أن الخط ميت.

وفي وقتها كانت تعتبر أن هذا هو نهاية الانحدار لأسفل.

تقول مارلا: «حين تكون في الرابعة والعشرين لا تكون عندك فكرة عن المدى الذي يمكن أن تنحدر إليه. لكني كنت سريعة التعلم».

في المرة الأولى التي ملأت فيها مارلا جرة رماد جثث، لم يكن على وجهها قناع. وبعد هذا تمخطت فوجدت في المنديل الورقي قذارة سوداء بقيت من مستر «فلان الفلاني».

في بيت «بيبر ستريت»، لو دق الهاتف مرة ورفعت السماعة فلم تجد أحدًا تعرف على الفور أن أحدهم كان يريد مارلا. كان هذا يحدث أكثر مما تظن.

في بيت «بيبر ستريت» اتصل بي مفتش شرطة يحقق في انفجار شقتي، وقد وقف تايلر ملصقًا صدره بكتفي، يهمس في أذني الأخرى وأنا أمسك بالهاتف. سألني المفتش إن كنت أعرف شخصًا قادرًا على تصنيع ديناميت بيتي.

فهمس تايلر: «الكوارث جزء طبيعي من نشأتي. نحو المأساة والفناء».

أخبرت المفتش أن الثلاجة انفجرت ودمرت شقتي.

يهمس تايلر: «إنني لأقطع ارتباطي بالقوة الجسدية والممتلكات، لأنني لن أكتشف قوة روحي العظمى إلا من خلال تدمير نفسي».

قال المفتش إن الديناميت كانت فيه شوائب. بقايا من أوكسالات الأمونيا وبيركلورات البوتاسيوم مما يعني أن القنبلة تم صنعها في المنزل. والمزلاج على الباب الأمامي كان موصدًا.

قلت له إنني كنت في واشنطن تلك الليلة.

أخبرني المفتش على الهاتف كيف أن أحدهم رش الفريون من

علبة على المزلاج، ثم ضربه بإزميل كي يهشم الأسطوانة. هكذا يسرق اللصوص الدراجات.

يقول تايلر: «المحرر الذي يدمر أملاكي الخاصة إنما يقاتل من أجل خلاص روحي».

المفتش يقول إن مَن صنع القنبلة قد فتح الغاز وأطفأ أضواء الفرن قبل الانفجار بأيام. يحتاج الأمر إلى أيام حتى يبلغ الغاز الشقة ويصل إلى «الكومبرسور» في قاع الثلاجة، ثم يبدأ موتور «الكومبرسور» عملية التفجير.

يهمس تايلر: «قل له نعم. أنت فعلتها، أنت فجرت كل شيء. هذا ما يريد أن يسمعه».

أقول للمفتش: لا. لم أفتح الغاز ثم أغادر المدينة. أنا أحب حياتي، لقد أحببت تلك الشقة، أحببت كل شظية خشب من الأثاث الذي كان حياتي كلها. كل شيء؛ المصابيح، المقاعد، السجاجيد. كلها كانت أنا. الأطباق في الخزانة كانت أنا. النباتات كانت أنا. كنت أنا الذي انفجر. ألا يرى ذلك؟

لكن المفتش أمرني بألا أغادر المدينة.

اكتفى سعادته السيد رئيس اتحاد عمال العرض ونقابة مشغلي السينما المستقلة بالجلوس.

كان شيء مروع ينمو خلف وتحت وداخل كل ما أخذه كحقيقة مُسلَّمة من قبل.

لا يوجد شيء ثابت.

كل شيء يتهاوى ويتحطم.

أعرف هذا لأن تايلر يعرف هذا.

لمدة ثلاث سنوات كان تايلر يقوم بتجميع وتفكيك الشرائط لسلسلة من دور السينما. إن الفيلم ينقل في ست أو سبع بكرات صغيرة موضوعة في علبة معدنية. عمل تايلر هو جمع البكرات الصغيرة في بكرة واحدة قطرها خمس أقدام تتعامل معها آلات العرض التي تغذي نفسها. بعد ثلاثة أعوام صارت سبع دور عرض ـ وعلى الأقل ثلاث شاشات في كل دار عرض ـ تقدم عروضًا جديدة كل أسبوع. وكان تايلر يتعامل مع مئات النسخ.

لكن الاتحاد لم يعد بحاجة إلى تايلر بعد اليوم. وكان على السيد رئيس الاتحاد أن يطلب من تايلر أن يجلس قليلًا.

كان العمل مملًا والراتب ضئيلًا لذا فإن رئيس اتحاد عمال العرض ونقابة مشغلي السينما المستقلة قال إنه يسدي معروفًا لتايلر دردن عن طريق هذا الطرد الدبلوماسي المهذب.

لا تفكر في هذا كرفض لك. فكر في الأمر كتخفيض عمالة.

يقول السيد رئيس الجماعة: «نحن نقدر مساهمتك في نجاحنا».

قال تايلر إن هذه لم تكن مشكلة، وضحك. فما دام الاتحاد أرسل إليه شيكاته فهو سيبقي فمه مغلقًا.

قال تايلر: «فكر في هذا كتقاعد مبكر، بمعاش».

لقد تعامل تايلر مع مئات النسخ.

وعادت الأفلام إلى الموزع، ثم عادت إليه في إعادة العرض، كوميديا، دراما، أفلام موسيقية، رومانسية، أفلام حركة، مغامرات. كلها تم لحام الكادر المنفرد الخاص بتايلر فيها، والذي يظهر البورنو.

اللواط والعبودية الجنسية والجنس الفمي.

ليس لدى تايلر ما يخسره.

إن تايلر هو مخلفات العالم.

هذا هو ما طلب مني تايلر أن أخبر به مدير فندق «برسمان» كذلك. في هذه الوظيفة الأخرى له ـ في فندق «برسمان» ـ أعلن تايلر

أنه نكرة. لا أحد يعبأ بحياته أو مماته. وكان الشعور متبادلًا بشكل لعين. هذا ما طلب مني تايلر أن أقوله في غرفة المدير، ورجال الأمن يقفون خارج الباب.

سهرت أنا وتايلر لساعة متأخرة وتبادلنا الحكايات بعدما انتهى كل شيء.

لقد صرت وتايلر أقرب إلى توأمين متماثلين. كلانا له عظام وجنة غائرة، وقد فقد جلدنا ذاكرته. نسي إلى أين ينزلق بعدما نضرب. سحجاتي كانت نتيجة لنادي القتال، أما تشوهات وجه تايلر فكانت بيد رئيس اتحاد عمال العرض. بعدما خرج تايلر زحفًا من مكاتب الاتحاد، ذهبت لألقى مدير فندق «برسمان».

جلست هناك في مكتب مدير فندق «برسمان».

أنا انتقام جو.

كان أول ما قاله لي المدير هو أن لديَّ ثلاث دقائق. في أول ثلاثين ثانية أخبرته كيف كنت أبول في الحساء، وأعطس على أوراق سلطة الهندباء المقلية، والآن أريد أن يرسل إليَّ الفندق شيكًا كل أسبوع يساوي أجري عن أسبوع عمل مع البقشيش. في المقابل لن آتي للعمل ثانية ولن أذهب إلى الصحف والسلطات الصحية لأقدم اعترافاتي الباكية.

سوف تقول المانشيتات:

«نادل مختل عقليًّا يعترف بتلويث الطعام».

بالتأكيد قد أدخل السجن. بوسعهم أن يشنقوني أو يجروني في الشوارع أو يسلخوا جلدي ويحرقوني بالصودا الكاوية. لكن فندق «برسمان» سوف يشتهر بأنه المكان الذي أكل فيه أثرى أثرياء العالم البول.

كلمات تايلر تخرج من فمي.

وقد كنت في الماضي شخصًا وديعًا.

في مكتب اتحاد عمال العرض، ضحك تايلر بعدما لكمه رئيس الاتحاد. اللكمة أطارت تايلر من مقعده فجلس جوار الحائط يضحك.

«هلم! لن تستطيع قتلي! أيها اللعين الغبي! حولني إلى سجادة لكنك لا تستطيع قتلي».

لديك الكثير لتخسره.

ليس لديَّ شيء.

أنت لديك كل شيء.

هلم! في معدتي. ضربة أخرى لرأسي. كهف في أسناني. لكن استمر في إرسال الشيكات. حطم ضلوعي. لكن لو نسيت راتب أسبوع لأعلنت ما لديَّ، ولسوف تصير أنت واتحادك الحقير فريسة للمطالبات القانونية من كل صاحب فيلم وموزع وكل أم رأى ابنها قضيبًا منتصبًا في فيلم الرسوم المتحركة «بامبي».

قال تايلر: «أنا ركام، أنا قاذورات وركام ومجنون بالنسبة إليك وكل هذا العالم اللعين». قال تايلر لرئيس الاتحاد: «أنت لا تبالي بأين أحيا أو كيف أشعر أو ماذا آكل أو كيف أطعم أطفالي، أو كيف أدفع للطبيب إذا مرضت. نعم، وأنا مجنون وملول وضعيف. لكني ما زلت مسؤوليتكم».

جالسًا هنالك في مكتب فندق «برسمان»، ما زالت شفتاي ممزقتين

إلى عشرة أجزاء من أثر نادي القتال. الثقب في خدي ينظر إلى مدير فندق «برسمان». هذا مقنع للغاية.

مبدئيًا قلت ذات ما قاله تايلر.

فبعدما أوقع رئيس الاتحاد تايلر أرضًا، وبعدما رأى الرئيس أن تايلر لم يرد، تراجع بجسده العملاق ـ الأكبر مما يحتاج إليه ـ وركل تايلر في الضلوع، فضحك تايلر. بعدما تكور تايلر ككرة وجَّه الرئيس ركلة إلى كليته لكن تايلر كان مستمرًّا في الضحك.

قال تايلر: «هلم هات المزيد! ثق بي. ستشعر بكثير من التحسن، ستشعر بشعور رائع!».

في مكتب فندق «برسمان»، سألت مدير الفندق إن كان بوسعي استعمال هاتفه، وطلبت رقم مكتب التحرير في الجريدة. وبينما مدير الفندق يراقبني قلت:

مرحبًا. أنا ارتكبت جريمة شنعاء ضد الإنسانية في أثناء تعبيري عن الاحتجاج السياسي. إن احتجاجي كان بسبب استغلال العمال في مهنة الفندقة.

لو دخلت السجن فلن أكون مجرد شخص مختل عقليًا يلوث الحساء. سيكون للأمر بعد بطولي.

«النادل «روبن هود» ينتصر للفقراء».

برفق تناول مدير فندق «برسمان» السماعة من يدي. وقال إنه لا يريد أن أعمل هنا ثانية، بالشكل الذي أبدو به الآن.

أقف عند مكتبه وأقول: ماذا؟

ثم أطوح ذراعي وأضرب أنفي ليسيل منه الدم.

بلا سبب على الإطلاق أتذكر الليلة التي تشاجرت فيها مع تايلر للمرة الأولى. أريدك أن تضربني بأعنف ما تستطيع.

ليست لكمة صعبة. أضرب نفسي مرة أخرى. هذا يبدو جميلًا لكني ألقي بنفسي إلى الوراء لأضرب الجدار، محدثًا دويًّا هائلًا ـ وموقعًا اللوحات المعلقة هناك.

الزجاج المهشم ولوحة الأزهار والدماء على الأرض وأنا بينها. الدم يلوث البساط فأمد يدي وأتمسك بحافة مكتب المدير، ملوثًا إياه بالدم. وأقول: أرجوك ساعدني، ساعدني. ثم أبدأ في الضحك. ساعدني، أرجوك.

أرجوك لا تضربني ثانية.

أنزلق على الأرض وأزحف ملوثًا البساط بدمي. ستكون أول كلمة سأقولها هي أرجوك. لذا أبقي شفتَي مغلقتين. ينهض الوحش ويجر نفسه وسط الزهور والأكاليل المرسومة على البساط الشرقي. الدم يسيل من أنفي وينزلق إلى حلقي ثم فمي، حارًّا. يزحف الوحش عبر البساط ملتهبًا جامعًا كل الغبار ونسيل الكتان فوق مخالبه الملوثة بالدم. يمسك بالمدير من كاحله ويقولها.

أرجوك.

قلها.

أرجوك تخرج وسط فقاعة من الدماء.

قلها.

أرجوك.

وتنفجر الفقاعة بالدم.

هذه هي الطريقة التي صار بها تايلر يملك الوقت ليبدأ نادي قتال كل يوم من الأسبوع. بعد هذا صارت هناك سبعة نوادٍ للقتال، وبعد هذا صار هناك خمسة عشر ناديًا للقتال، وبعد هذا صار هناك ثلاثة وعشرون ناديًا للقتال، وما زال تايلر يرغب في المزيد. كان المال يأتي طوال الوقت.

أتوسل إلى مدير فندق «برسمان»: أرجوك، أعطني المال.

وأضحك ثانية.

أرجوك.

وأرجوك لا تضربني ثانية.

أنت تملك كل شيء وأنا لا أملك شيئًا. وأزحف بدمي على ساقي بنطال مدير فندق «برسمان» الذي يتراجع للوراء. يستند إلى عتبة النافذة خلفه وحتى شفتاه الرفيعتان تتراجعان عن أسنانه.

الوحش ينشب مخالبه في حزام المدير ويتسلق لأعلى كي يمسك بالقميص المنشى الأبيض، وألف يدي الداميتين حول معصمي المدير الناعمين.

أرجوك. وأضحك بما يكفي كي يشطر شفتي إلى نصفين.

ثمة مقاومة إذ يصرخ المدير ويحاول تحرير يديه مني، ومن دمي وأنفي المهشم. القذارة تلتصق بالدم الذي يغطينا. وفي هذه اللحظة الأكثر روعة يقرر رجال الأمن أن يدخلوا الغرفة.

١٦

نشرت الجرائد اليوم كيف أن أحدهم اقتحم المكاتب الواقعة بين الطابقين العاشر والخامس عشر من برج «هاين»، وخرج من نافذة المكتب ودهن الجانب الجنوبي من البناية بقناع ضاحك ارتفاعه خمسة طوابق، ثم أشعل النار وقت الفجر، حتى صارت النافذة في مركز كل عين عملاقة تتألق بوهج عملاق لا يمكن تجاهله فوق المدينة بأسرها.

وفي الصورة التي نشرت في الصفحة الأولى، يبدو الوجه كثمرة قرع عسلي (يقطينة) غاضبة أو عفريت ياباني أو تنين جشع يتعلق في السماء. أما الدخان فبدا كحاجبَي ساحرة أو قرني شيطان. لقد صرخ الناس وهم يطوحون رؤوسهم للوراء.

ما معنى هذا؟

مَن فعل هذا؟ حتى بعد انطفاء النار ظل الوجه هناك وازداد سوءًا. لقد صارت العينان الخاليتان ترمقان الجميع في الشارع، لكنهما في الآن ذاته كانتا ميتتين.

بالطبع تقرأ هذا الكلام وترغب في معرفة ما إذا كان هذا جزءًا من «مشروع الأضرار».

تقول الجريدة إن رجال الشرطة ليس لديهم طرف خيط. ربما عصابات شباب أو غرباء من الفضاء. أيًّا من كان الفاعل فقد كان معرضًا للموت وهو يتعلق بإطارات النوافذ ممسكًا بعلبة من الطلاء الأسود.

هل هي «لجنة الأضرار» أم «لجنة التخريب»؟ يبدو أن الوجه العملاق هو واجبهم المنزلي الذي طُلب منهم الأسبوع الماضي. تايلر قد يعرف، لكن أول قاعدة في «مشروع الأضرار» هي أنك لا تسأل عن «مشروع الأضرار».

في «لجنة الاعتداء» بـ«مشروع الأضرار» هذا الأسبوع، يقول تايلر إنه علم الجميع متطلبات إطلاق الرصاص. كل ما يفعله المسدس هو أن يركز انفجارًا في اتجاه واحد.

في اللقاء الأخير لـ«لجنة الاعتداء» جلب تايلر سلاحًا ناريًّا ودليل الهاتف التجاري. يلتقون في القبو حيث يلتقي نادي القتال ليلة السبت. كل لجنة تلتقي في ليلة مستقلة:

«الحرق» تلتقي الاثنين.

«الاعتداء» الثلاثاء.

«الضرر» الأربعاء.

«التضليل» تلتقي الخميس.

«الفوضى المنظمة»، «بيروقراطية الفوضوية». تخيل هذا!

مثل مجموعات مساندة المرضى. شيء من هذا القبيل.

في ليلة الثلاثاء اقترحت «لجنة الاعتداء» خطة للأسبوع المقبل. وقرأ تايلر الاقتراحات وأعطى اللجنة واجبها المنزلي.

في مثل هذا الوقت من الأسبوع المقبل، يجب على كل عضو في «لجنة الاعتداء» أن يدخل مشاجرة لا يخرج منها بطلًا منتصرًا، على ألا تكون في نادي القتال. هذا أصعب مما تتصور. إن رجل الشارع يبذل أي جهد كي لا يقاتل.

الفكرة هي أن تجد أي نكرة في الشارع ممن لم يسبق لهم القتال، وتجنده. دعه يجرب الفوز لأول مرة في حياته، اجعله ينفجر، أعطِه عذرًا كي يوسعك ضربًا.

يمكنك تحمل هذا. لو فزت أنت لأفسدت كل شيء!

قال تايلر للجنة: «ما عليكم عمله يا قوم هو أن تذكروا هؤلاء الأشخاص بنوع القوة التي ما زالت لديهم».

هذا هو كلام تايلر الحماسي. ثم إنه فتح كل واحدة من الأوراق المطوية في الصندوق الورقي أمامه. هكذا تقترح كل لجنة أحداث الأسبوع المقبل. اكتب الأحداث في خانة الجمعية، ثم اقطع الورقة واطوها وضعها في الصندوق. تايلر يتفقد الاقتراحات ويتخلص من أي أفكار سيئة.

كلما تخلص من ورقة وضع ورقة فارغة مطوية في الصندوق. ثم يأخذ كل عضو في اللجنة ورقة من الصندوق. وكما شرح لي تايلر فإن من يأخذ ورقة بيضاء فليس لديه هذا الأسبوع إلا واجبه المنزلي. لو سحبت اقتراحًا فعليك مثلًا أن تذهب إلى مهرجان البيرة هذا الأسبوع وتغرق شخصًا في مرحاض كيماوي. سوف تنال تقديرًا أكبر لو أنك تلقيت علقة على عملك هذا. أو تحضر عرض أزياء وتقذف جيلاتين الشليك (الفراولة) من إحدى الشرفات المنخفضة.

لو قبض عليك تُطرد من «لجنة الاعتداء». لو ضحكت تطرد من اللجنة.

لا أحد يعرف من يسحب أي اقتراح. فقط تايلر يعرف الاقتراحات كلها، ويعرف أيها تم قبوله وأيها تم إلقاؤه في القمامة. في نهاية الأسبوع قد تسمع عن رجل مجهول يسرق سيارة «جاجوار» ويقودها لتسقط في نافورة.

عندها تتساءل: هل هذا اقتراح من اقتراحات اللجنة التي كان يمكنك أن تسحبها؟

الثلاثاء المقبل سوف تذهب للقاء اللجنة تحت الضوء الوحيد في نادي القتال المعتم، وما زلت تتساءل عمن دفع السيارة «الجاجوار» نحو النافورة.

مَن ذهب إلى سقف متحف الفنون وسدد كرات من الدهان نحو قاعة النحت؟

من رسم قناع الشيطان على برج «هاين»؟

بوسعك أن تتخيل فريقًا من الكتبة القانونيين وموظفي الأرشيف يتسللون إلى مكاتبهم اليومية، لربما كانوا ثملين نوعًا ما حتى إن كان هذا ضد قوانين «مشروع الأضرار». يستعملون المفاتيح الخاصة وعلب رش الفريون كي يحطموا أقفال الخزانات، ثم يتعلقون على واجهة المبنى المكونة من القرميد، ويأمن كل منهم للآخر بأن يتمسك بالحبل. يتأرجحون، ويجازفون بالموت السريع في تلك المكاتب التي يموتون فيها كل ساعة نهارًا.

وفي النهار التالي سوف يكون هؤلاء الموظفون أنفسهم وسط

الزحام بشعورهم الممشطة بعناية إلى الخلف، سكارى من قلة النوم لكنهم يضعون ربطات العنق، ويصغون إلى الزحام حولهم يتساءل عمن فعل هذا. يصرخ رجال الشرطة في الجميع أن يبتعدوا بينما الماء يتدفق من كل عين بنية عملاقة.

قال لي تايلر إنه لا يجد أكثر من أربعة اقتراحات جيدة في كل اجتماع، لذا فإن فرصتك في أن تسحب اقتراحًا حقيقيًّا هي أربعة من عشرة. هناك ٢٥ شخصًا في «لجنة الاعتداء» بمن فيهم تايلر. يكلف كل منهم بواجبه المنزلي: أن يخسر مشاجرة أمام الملأ، ثم يسحب اقتراحًا.

هذا الأسبوع قال لهم تايلر: «اخرجوا من هنا وابتاعوا مسدسًا».

وناول أحد الفتية دليل الهاتف وطلب منه أن ينتزع إعلانًا منه. ثم ناول الدليل لآخر. لا يسمح لشخصين بأن يذهبا لذات المكان للشراء أو إطلاق النار.

يقول تايلر: «هذا ـ ويُخرج مسدسًا من جيب معطفه ـ هذا مسدس، وخلال أسبوعين يجب على كل منكم أن يحضر مسدسًا من الحجم ذاته إلى الاجتماع».

يقول تايلر: «ومن الأفضل أن تدفعوا ثمنه نقدًا. في اللقاء التالي سوف تبدلون المسدسات ثم تبلغون عن سرقة المسدسات التي ابتعتموها».

لم يسأل أحد عن شيء. أنت لا توجه أسئلة. هذه هي القاعدة الأولى لـ«مشروع الأضرار».

ناول تايلر المسدس لمن حوله. كان ثقيلًا برغم صغر حجمه

كأن شيئًا عملاقًا كجبل أو شمس قد انكمش ليصنع هذا. أمسكه أعضاء اللجنة بين إصبعين. أراد الجميع أن يسألوا عما إذا كان محشوًّا، لكن القاعدة الثانية لـ«مشروع الأضرار» هي أنك لا توجه أسئلة.

ربما كان محشوًّا وربما لا. ربما كان علينا دومًا أن نفترض الأسوأ.

قال تايلر: «السلاح صغير ومتقن الصنع. كل ما عليك هو أن تسحب الزناد للخلف».

القاعدة الثالثة لـ«مشروع الأضرار» هي لا أعذار هناك.

يقول تايلر: «الزناد يحرر المطرقة، المطرقة تضرب البارود».

القاعدة الرابعة هي لا أكاذيب.

«الانفجار ينسف قرصًا معدنيًّا في الطرف المفتوح للمقذوف. وتقوم الماسورة بتركيز المسحوق المتفجر والطلقة التي تنطلق كصاروخ». يقول تايلر: «مثل رجل يقذف من مدفع، كقذيفة تنطلق من منصة إطلاق، في اتجاه واحد».

حين ابتكر تايلر «مشروع الأضرار»، قال إنه لا شأن له بالناس الآخرين. لم يكن يبالي ما إذا تأذى الناس الآخرون أم لا. كان الهدف هو أن يعلم كل واحد في المشروع كيف أن لديه القدرة على تغيير التاريخ. نحن ـ كل واحد منا ـ بوسعنا أن نسيطر على العالم.

لقد ابتكر تايلر «مشروع الأضرار» وهو في نادي القتال.

كنت قد قاتلت رجلًا أتى لأول مرة إلى نادي القتال. في ليلة السبت تلك جاءنا شاب له وجه ملائكي للمرة الأولى، فدخلت معه في قتال. هذه هي القاعدة. لو كانت هذه أول مرة لك في نادي القتال فعليك أن تقاتل. لقد قاتلته لأن الأرق عاودني وكنت بحاجة إلى تدمير أي شيء جميل.

بما أن أكثر وجهي لا يجد الفرصة ليلتئم أبدًا، فليس لديَّ ما أخسره من ناحية المظهر. سألني رئيسي في العمل عما أفعله بصدد الفجوة التي لا تلتئم أبدًا في خدي. قلت له إنني أسدها بإصبعين حين أشرب كي لا تخرج القهوة منها.

وفي تلك الليلة في نادي القتال ضربت هذا القادم الجديد، ودققت هذا الوجه الملائكي الجميل، في البداية بالنتوءات العظمية في قبضتي، ثم بمؤخرة قبضتي بعدما تعرت سلامياتي من أثر أسنانه.

قال لي تايلر فيما بعد إنه لم يرني قَطُّ أدمر شيئًا إلى هذه الدرجة الكاملة. في تلك الليلة شعر تايلر بأن عليه أن ينقل نادي القتال إلى مستوى آخر أو يغلقه.

قال تايلر وهو جالس إلى مائدة الإفطار في الصباح التالي: «بدوت لي كمجنون أيها المريض النفسي. إلى أين ذهبت؟».

قلت إنني أشعر بأسوأ حال ولست مسترخيًا على الإطلاق. لم أنل أي قسط من النوم. ربما كان المرء قد بدأ يعتاد القتال، ولربما كان عليَّ أن أنتقل إلى شيء أكبر.

في هذا الصباح ابتكر تايلر «مشروع الأضرار».

سألني تايلر عن الشيء الذي أقاتله فعلًا.

ما قاله تايلر عن أننا فضلات وعبيد التاريخ هو ما شعرت به فعلًا. أردت أن أدمر كل شيء جميل لم أنله قَطُّ. أحرق غابات أمطار الأمازون، أرش «الكلوروفلوركاربون» في طبقة الأوزون، أفك أغطية آبار البترول. أردت أن أقتل السمك الذي لن أستطيع أكله، وأدمر الشواطئ الفرنسية التي لن أراها أبدًا.

أردت للعالم كله أن يبلغ الحضيض.

وأنا أضرب ذلك الفتى تمنيت أن أدفن رصاصة بين عينَي كل دب «باندا» مهدد بالانقراض ولم يستطع الحفاظ على سلالته، وكل حوت ودرفيل استسلم وألقى بنفسه على الشط.

لا تعتبر هذا انقراضًا. فكر فيه كخفض أعداد العمالة.

لآلاف السنين أفسد البشر كل شيء على هذا الكوكب، والآن يتوقع مني التاريخ أن أنظف ما تركه الجميع من فوضى. يجب أن أغسل وأجفف علب الحساء.

عليَّ أن أدفع فاتورة التلوث النووي وخزانات الجازولين والنفايات التي تم إلقاؤها قبل أن أولد بجيل كامل.

أمسكت بوجه «السيد ملاك» كأنه طفل أو كرة تحت إبطي، وسحقته بسلاميات أصابعي حتى تهشمت أسنانه وبرزت من بين شفتيه. حتى سقط من بين ذراعي ليتحول إلى كومة عند قدمي. حتى رق الجلد على عظمتَي وجنتيه وصار أسود.

أردت أن أستنشق الدخان.

إن الغزلان والطيور ترف سخيف، والسمك يجب أن يموت ويطفو. أردت أن أحرق متحف «اللوفر». سوف أحطم «إلجين ماربلز»[1] بمطرقة وأمسح مؤخرتي بـ«الموناليزا». هذا هو عالمي الآن. عالمي، عالمي. وهؤلاء الناس المندثرون موتى.

كان هذا على الإفطار ذلك الصباح، حين ابتكر تايلر «مشروع الأضرار».

أردنا أن نحرر العالم من التاريخ.

كنا نتناول الإفطار في ذلك البيت في «بيبر ستريت». وقد قال لي تايلر: تخيل أنك تزرع الفجل وتبذر البطاطس في الطابق الخامس عشر من ناطحة سحاب منسية.

سندهن ناطحات السحاب بوجوه طوطم وعفاريت. وفي المساء سيفر من بقي من البشر إلى حدائق الحيوان الخاوية، ويغلقون على أنفسهم الأقفاص ليحتموا من الدببة والنمور والذئاب التي ترقبنا من خارج قضبان الأقفاص ليلًا.

يقول تايلر: «إعادة تدوير النفايات وتحديد سرعة القيادة هراء. إنهم يتصرفون كالرجل الذي يقلع عن التدخين على فراش الموت».

إنه «مشروع الأضرار» الذي سينقذ العالم. عصر جليد ثقافي، عصر

---

(١) معناها «رخام إلجين»، وهي قطع أثرية يونانية عظيمة القيمة من معبد «البارثينون» سرقها إيرل إلجين عام ١٨٠١ ووضعها في المتحف البريطاني. وهي القصة المعتادة لأن العثمانيين الذين كانوا يحتلون اليونان كانوا متساهلين بصدد الآثار لأنهم لم يروا أي قيمة لهذه الأشياء. وحاليًّا تجري معركة دبلوماسية تحاول فيها اليونان استرداد هذا الأثر المهم. لكن يرى كثيرون أنه لو لم تسرق هذه التحفة لاندثرت أو أحرقها العثمانيون للحصول على مادة الجير. (المترجم).

ظلام يتم خلقه قبل الأوان. «مشروع الأضرار» سوف يرغم البشرية على أن تنام أو تتوقف فترة كافية إلى أن تشفى الأرض من جراحها.

يقول تايلر: «أنت تبرر الفوضوية. تصور هذا».

مثلما يفعل نادي القتال مع الموظفين فإن «مشروع الأضرار» سوف يدمر الحضارة حتى نتمكن من أن نخلق من العالم شيئًا أفضل.

يقول تايلر: «تخيل أن تطارد الأيائل أمام واجهات المحلات وأكوام الثياب المتعفنة الجميلة، سوف تلبس ثيابًا جلدية تظل عليك بقية حياتك، سوف تتسلق أغصان «الكودزو» التي تحيط بأبراج «سيرز»».

هذا هو هدف «مشروع الأضرار»، أن ينسف الحضارة فورًا.

أما ما سيحدث فيما بعد في «مشروع الأضرار» فلا أحد يعرف. القاعدة الثانية هي ألا توجه أسئلة.

قال تايلر لـ«لجنة الاعتداء»: «لا تجلبوا طلقات، ولا تقلقوا بهذا الصدد. نعم، سوف يكون عليكم قتل شخص ما».

لجان «الحرق» و«الاعتداء» و«الضرر» و«التضليل».

لا أسئلة. لا أسئلة. لا أعذار ولا أكاذيب.

القاعدة الخامسة لـ«مشروع الأضرار» هي أن عليك أن تثق بتايلر.

١٧

يجلب رئيسي فرخًا آخر من الورق إلى مكتبي ويضعه عند كوعي. لم أعد أضع حتى ربطة العنق. رئيسي يضع ربطته الزرقاء فلا بد أن اليوم الخميس. الباب المفضي إلى غرفة رئيسي مغلق الآن، ولم نتبادل إلا كلمتين منذ وجد قواعد نادي القتال في آلة النسخ، وحين لمَّحت إلى أنني قد أفجر أحشاءه ببندقية آلية.

ربما أتصل بالمسؤولين عن عقود الإذعان في قسم النقل. هناك سناد تحميل للمقعد الأمامي لسياراتنا لم يجتز أيًّا من اختبارات التصادم قبل أن يتم إنتاجه.

لو كنت تعرف لأين توجه عينيك فهناك جثث مدفونة في كل صوب. أقول له صباح الخير.

فيقول: «صباح».

عند كوعي وثيقة أخرى سرية ــ مخصصة لي فقط ــ طلب مني تايلر أن أطبعها وأنسخها. منذ أسبوع كان يقيس أبعاد القبو في البيت المستأجر في «بيبر ستريت». طوله ٦٥ حذاء وعرضه ٤٠ حذاء. كان يفكر بصوت عالٍ. سألني تايلر: «كم يساوي ٧ × ٦؟».

اثنين وأربعين.

«و ٤٢ × ٣؟».

مائة وستًّا وعشرين.

ناولني قائمة ملحوظات كتبت باليد وطلب أن أطبعها وأنسخها ٧٢ مرة.

سألته لِمَ هذا العدد؟

فقال: «هذا هو عدد الذين يمكن أن يناموا في القبو لو وضعناهم في أسرَّة ذات ثلاثة أدوار من فضلات الجيش».

سألته عن حاجياتهم.

فقال: «لن يحضروا إلا ما في القائمة. وهذا يمكن وضعه تحت الحشية».

هذه القائمة يجدها رئيسي في آلة النسخ. عداد الآلة ما زال يشير إلى ٧٢ نسخة. تقول القائمة:

«إحضار المطلوب لا يضمن قبولك في التدريبات. لكن لن ننظر بعين الاعتبار إلى أي متقدم ما لم يجلب هذه الأشياء ومعها ٥٠٠ دولار نقدًا لتغطي تكاليف الدفن».

قال لي تايلر إن حرق جثة الفقير يكلف ٣٠٠ دولار على الأقل. والسعر في ارتفاع. كل من يموت وليس معه هذا المال تذهب جثته إلى دروس التشريح.

يجب أن يظل هذا المال في حذاء الطالب حتى إذا ما هلك لا يكون موته عبئًا على «مشروع الأضرار».

بالإضافة إلى هذا يجب أن يحمل المتقدم معه التالي:

قميصين أسودين.

سروالين أسودين.

زوجًا من الأحذية السوداء الثقيلة.

زوجين من الجوارب السوداء.

معطفًا أسود ثقيلًا.

هذا يتضمن الثياب التي يلبسها المتقدم.

منشفة بيضاء واحدة.

حشية من مخلفات الجيش.

إناء بلاستيكيًّا أبيض.

على مكتبي ورئيسي يقف جواري، ألتقط القائمة الأصلية وأشكره.

يذهب رئيسي إلى مكتبه بينما ألعب لعبة «سوليتير» على الكمبيوتر.

بعد ساعات العمل أعطي النسخ إلى تايلر، وتمر الأيام.

أعود إلى البيت.

أذهب إلى العمل.

أعود إلى البيت فأجد رجلًا يقف على الرواق الأمامي. الرجل يقف على بابي الأمامي ومعه قميصه الأسود الثاني والسروال في كيس ورقي بني اللون، ومعه الأشياء الأخيرة: منشفة بيضاء وحشية من فضلات الجيش وإناء من البلاستيك يضعها على درابزين الرواق. ومن نافذة بالطابق العلوي نختلس أنا وتايلر النظر إلى الفتى. ويأمرني تايلر بصرف الفتى.

يقول تايلر: «إنه صغير السن جدًّا».

إن الفتى الواقف بالرواق هو «السيد وجه الملاك» الذي حاولت تدميره يوم ابتكر تايلر «مشروع الأضرار». حتى بعينيه السوداوين وقصة البحارة الشقراء يمكنك أن ترى تقطيبته الصارمة بلا ندوب ولا تجاعيد. ضعه في فستان واجعله يبتسم ولسوف يتحول إلى امرأة. «السيد ملاك» يقف على أطراف أصابعه ويختلس النظر عبر شقوق الخشب، ويداه على جانبه، وحذاءاه أسودان وقميصه أسود.

يأمرني تايلر: «تخلص منه. إنه صغير جدًّا».

أسأله متى يعتبر الصغير أصغر من اللازم؟

يقول تايلر: «لا يهم. إذا كان المتقدم صغيرًا نقول له إنه صغير جدًّا. لو كان بدينًا فهو بدين جدًّا. نحيل إذن هو نحيل جدًّا. أبيض إذن هو أبيض جدًّا. أسود إذن هو أسود جدًّا».

يقول تايلر إن هذه هي الطريقة التي كانت المعابد البوذية تختبر بها المتقدمين منذ زمن سحيق. تقول للمتقدم لك أن يرحل، فإن ظل ينتظر على المدخل ثلاثة أيام بلا طعام ولا مأوى ولا تشجيع، عندها، وعندها فقط، يمكنه أن يدخل ويبدأ التدريب.

لذا أقول لـ«السيد ملاك» إنه صغير السن، ولكنه عند الغداء ما زال ينتظر. بعد الغداء سأنزل إليه وأضربه بمكنسة. من أعلى ينظر إليَّ تايلر وأنا أهوي بالعصا على أذن الفتى، لكن الفتى يظل واقفًا، فألقي بما يحمله في البالوعة وأصيح.

ابتعد، ألم تسمع؟ أنت صغير جدًّا. لن تنجح. تعالَ بعد عامين وتقدم ثانية. فقط ارحل، ابتعد عن مدخل بيتي.

في اليوم الثاني ما زال الفتى هناك، فيخرج له تايلر قائلًا: «أنا آسف!». هو آسف لأنه كلم الفتى عن التدريب، لكن الفتى صغير فعلًا بحق، فليته يتفضل بالرحيل.

أسلوب الشرطي الطيب والشرطي الشرير.

أصرخ من جديد في الفتى، ثم بعد ست ساعات يخرج إليه تايلر ليقول إنه آسف لكن لا. يجب أن يرحل. يقول تايلر إنه سيطلب الشرطة ما لم يرحل الفتى.

لكن الفتى يبقى.

وثيابه ما زالت في البالوعة. الريح تبعد الكيس الورقي الممزق. لكنه يبقى.

في اليوم الثالث هناك متقدم آخر على الباب. «السيد ملاك» ما زال هناك، فينزل تايلر ويقول له: «هلم. هات حاجياتك من الشارع وادخل». وللشخص الجديد يقول تايلر إنه آسف، لكن هناك خطأ. إن القادم الجديد أكبر سنًّا من أن يتدرب هنا، فلو تفضل بالرحيل.

أذهب للعمل كل يوم ثم أعود، وفي كل يوم هناك رجل أو أكثر ينتظرون في الرواق. لا تلتقي أعينهم بي. أغلق الباب وأتركهم هناك. ظل هذا يحدث يوميًّا لفترة ما، فأحيانًا يرحل المتقدم وأحيانًا يبقى حتى اليوم الثالث، وحتى امتلأت كل أسرَّة المبيت التي ابتعتها وتايلر ووضعناها في القبو.

ذات مرة أعطاني تايلر خمسمائة دولار نقدًا وطلب أن أحفظها في حذائي طيلة الوقت. تكاليف دفني. هذه عادة أخرى من عادات أديرة البوذيين.

أعود من العمل اليوم لأجد البيت ممتلئًا بالغرباء الذين قبلهم تايلر. كلهم يعمل. لقد تحول الطابق الأول كله إلى مطبخ ومصنع صابون. لا يخلو الحمام أبدًا. يختفي بعض الرجال بضعة أيام ثم يعودون ومعهم حقائب حمراء مطاطية ممتلئة بالدهن السائل.

ذات ليلة يصعد تايلر إلى الطابق العلوي ليجدني أتوارى في غرفتي فيقول: «لا تضايقهم! هم جميعًا يعرفون ما يفعلون. هذا جزء من «مشروع الأضرار». لا أحد يفهم الخطة كاملة، لكن كل واحد مدرب على أداء جزء صغير ببراعة».

إن قاعدة «مشروع الأضرار» هي أن عليك أن تثق بتايلر.

ثم يرحل تايلر.

طيلة اليوم يقوم فريق فتية «مشروع الأضرار» بتذويب الدهن. وأنا لا أنام. طيلة الليل أسمع باقي الفرق تخلط الصودا الكاوية وتقطع الصابون، وتطهيه ثم تغلف كل قطعة صابون بالمناديل الورقية وتضع عليها خاتم شركة «بيبر ستريت للصابون». يبدو أن كل واحد يعرف ما يفعله باستثنائي، وتايلر لم يعد إلى البيت.

أحتضن الجدران شاعرًا بأنني فأر حبيس هذه الآلية من الرجال الصامتين الذين لهم طاقة القردة المدربة، يطهون ويعملون وينامون في فرق. شد رافعة. اضغط زرًّا. فريق من قردة الفضاء يطهو الوجبات طيلة اليوم، وفرق من قردة الفضاء تأكل من الآنية التي جلبوها معهم.

ذات صباح كنت ذاهبًا للعمل لأجد بوب الضخم في البهو يلبس حذاء أسود وقميصًا أسود وسروالًا. أسأله عما إذا كان قد رأى تايلر مؤخرًا. هل أرسله تايلر إلى هنا؟

يقول بوب الضخم وكعباه متلاصقان وظهره مستقيم: «القاعدة الأولى لـ«مشروع الأضرار» هي أنك لا توجه أسئلة عن «مشروع الأضرار»».

فأسأل عن المهمة التي لا تحتاج إلى عقل التي كلفه بها تايلر. هناك أشخاص مهمتهم سلق الأرز طيلة اليوم، أو غسل آنية الأكل أو تنظيف المخلفات. طيلة اليوم. هل وعده تايلر بالسعادة إذا ما قضى ست عشرة ساعة يوميًّا يقطع الصابون؟

لا يقول بوب الضخم شيئًا فأعود للعمل.

أعود إلى داري لأجد أن بوب ما زال في مكانه. لا أنام طيلة الليل وفي الصباح أجد بوب الضخم يُعنى بالحديقة.

قبل أن أذهب للعمل أسأل بوب الضخم عمن دعاه إلى هنا. مَن كلفه بهذا العمل؟ هل رأى تايلر؟ هل كان تايلر هنا ليلة أمس؟ يقول بوب الضخم: «القاعدة الأولى لـ«مشروع الأضرار» هي أنك لا توجه أ...». هنا أقاطعه. أقول: أجل، أجل، أجل.

وبينما أنا في العمل تقوم فرق قردة الفضاء بحفر العشب الموحل حول البيت، ويعاملون القذارة بأملاح «الإبسوم» لتقليل الحمضية. ويكومون الروث الذي جمعوه من حظائر الماشية مع أكياس من بقايا الشعر من الحلاقين، لإبعاد الخلدان والفئران وزيادة محتوى البروتين في الأرض.

وفي أي لحظة يأتي قردة الفضاء من سلخانة ما، بحقائب من الدم لزيادة الحديد في التربة، والعظام لزيادة الفوسفور.

فرق قردة الفضاء تزرع الريحان والزعتر والخس والنعناع في شكل

متعدد الألوان. نافذة من الزهور وسط كل بقعة خضراء. فريق آخر يخرج ليلًا لقتل القواقع والعلق بضوء الشمعة. فريق آخر من قردة الفضاء يلتقط الأوراق وثمر العليق الأفضل لغليه من أجل الحصول على صبغ طبيعي. العشب المعمر لأنه مطهر طبيعي، وأوراق البنفسج لأنها تشفي الصداع، و«الوودرف» لأنه يعطي الصابون رائحة العشب الذي تم جزه.

وفي المطبخ زجاجات من الفودكا لصنع صابون السكر البني. أسرق زجاجة فودكا وأنفق تكاليف جنازتي على السجائر. تظهر مارلا. نتحدث عن النباتات. نمشي أنا ومارلا عبر الخضرة التي تشبه الكاليدوسكوب (المشكال)، نشرب وندخن. نتحدث عن ثدييها. نتحدث عن كل شيء ما عدا تايلر دردن.

وذات يوم نجد في الصحف كيف أن فريقًا من رجال يرتدون السواد قد اقتحموا حيًّا أكثر ثراء بالجوار، ومعرضًا للسيارات الفاخرة، وهم يحطمون مصدات السيارات بمضارب البيسبول، حتى انتفخت أكياس الهواء بالداخل وانفجرت مبعثرة ما فيها من مسحوق، وقد راحت إنذارات السيارات تعوي.

وفي مصنع «بيبر ستريت للصابون» فرق أخرى تلتقط البتلات من الزهور، أو شقائق النعمان واللافندر وتضعها في صناديق مع طبقة من الشحم الذي سيمتص الرائحة، ليصنعوا صابونًا برائحة الزهور. تخبرني مارلا عن النباتات.

تقول لي إن الزهرة قابض طبيعي للأنسجة.

بعض الزهور لها أسماء جنائزية: السوسن، الريحان، إكليل

الجبل، الفربينا. بعضها لها أسماء جنيات شكسبير مثل: «سبايكنارد» و«كاوزليبس» و«ميدوسويت». لسان الغزال برائحة الفانيليا المحببة فيه.

في كل ليلة أمشي مع مارلا في الحديقة إلى أن أتيقن أن تايلر لن يعود هذه الليلة. خلفنا قرد فضاء يجمع البلسم أو النعناع الذي تهشمه مارلا تحت أنفي. عقب سيجارة على الأرض. قرد الفضاء يسوي الممر خلفه ليمسح أي أثر يقول إننا مررنا هنا.

وذات ليلة في حديقة وسط المدينة، سكب بعض الرجال الجازولين حول كل شجرة، ومن شجرة لشجرة أشعلوا حريقَ غابات مصغرًا. جاء في الصحيفة كيف أن نوافذ مجلس المدينة عبر الشارع ذابت، وكيف أن السيارات الواقفة انصهرت عجلاتها.

بيت تايلر المستأجر في «بيبر ستريت» كائن حي رطب من الداخل، بكل هؤلاء الذين يعرقون ويتنفسون. كثيرون يتحركون بالداخل فيتحرك المنزل.

كان هناك من يثقب آلات الصرافة والهواتف التي تعمل بالعملة، ثم يحقن في الثقوب شحمًا وبودنج الفانيليا.

وتايلر لم يعد إلى البيت. لكن بعد شهر صارت لعدد من قردة الفضاء قُبلة تايلر على ظهور أيديهم. ثم اختفى هؤلاء القردة أيضًا، وجاء آخرون. وفي كل يوم يأتي الرجال في سيارات مختلفة. لا ترى السيارة ذاتها مرتين. ذات ليلة أسمع مارلا في الرواق تقول لقرد فضاء: «أنا هنا كي أرى تايلر. تايلر دردن يعيش هنا. أنا صديقته».

يقول قرد الفضاء: «آسف، لكنكِ...»، ثم يصمت ويقول: «أنتِ أصغر سنًّا من أن تتدربي هنا».

تقول مارلا: «اذهب إلى الجحيم».

يقول قرد الفضاء: «بالإضافة إلى هذا أنتِ لم تجلبي الأشياء المطلوبة. قميصان وسروالان أسودان...».

فتصرخ مارلا: «تايلر!».

«وحذاء».

«تايلر!».

«وجوربان أسودان وزوجان من الثياب الداخلية».

«تايلر!».

وأسمع الباب الأمامي يغلق بقوة. مارلا لا تنتظر ثلاثة الأيام. في أكثر الأيام أعود بعد العمل وأعد لنفسي شطيرة من زبدة الفول السوداني.

حين أعود إلى المنزل أجد أحد قردة الفضاء يحكي للقردة الآخرين المحتشدين في الطابق الأول:

«أنت لست نُدفة ثلجية جميلة نادرة. أنت مادة عضوية متحللة ككل واحد آخر. وكلنا جزء من كومة الروث ذاتها».

يواصل قرد الفضاء: «ثقافتنا جعلتنا الشيء ذاته. لا أحد منا في الحقيقة أبيض أو أسود أو ثري. كلنا نريد الشيء ذاته، بينما من ناحية الفردية نحن لا شيء».

ويتوقف القارئ حين أدخل لأعد شطيرة، ويجلس كل قردة الفضاء صامتين كأنما أنا وحدي. أطلب منهم ألا يضايقوا أنفسهم. لقد قرأته بالفعل. بل طبعته.

حتى رئيسي قرأه.

كلنا كومة قمامة كبيرة. استمروا، العبوا لعبتكم الصغيرة.

ينتظر قردة الفضاء صامتين حتى أعد شطيرتي وآخذ زجاجة فودكا أخرى وأصعد الدرج. خلفي أسمع: «أنت لست نُدفة ثلجية جميلة نادرة».

أنا قلب جو المحطم لأن تايلر تخلى عني. لأن أبي تخلى عني. آه! يمكنني الاستمرار للأبد.

في عدة ليالٍ بعد العمل أقصد نادي قتال آخر في قبو أو مرأب وأسأل الجميع إن كانوا قد رأوا تايلر.

في كل نادي قتال هناك رجل لم أره قَطُّ يقف تحت ضوء وحيد في قلب الظلام، يحيط به الرجال، ويقرأ كلمات تايلر.

القاعدة الأولى لنادي القتال لا تتكلم عن نادي القتال.

حين يبدأ القتال أنتحي بقائد النادي جانبًا وأسأله عما إذا كان قد رأى تايلر. أقول إنني أعيش مع تايلر ولم يعد إلى البيت منذ فترة. تتسع عينا الرجل ويسألني إن كنت حقًّا أعرف تايلر دردن.

هذا يحدث في أكثر أندية القتال. نعم. أقول إنني أفضل صديق لتايلر. ثم فجأة يريد الجميع أن يصافحوني.

ينظر هؤلاء إلى الثقب في خدي والجلد المسود على وجهي، واللونين الأصفر والأخضر على الحواف، ثم يلقبونني بـ«السيد». لا يا سيدي. على الإطلاق يا سيدي. لا أحد يعرفونه قابل تايلر دردن. أصدقاء أصدقائنا عرفوا تايلر وأنشأوا هذا القسم من نادي القتال يا سيدي.

ثم يغمزون لي.

لا أحد يعرفونه رأى تايلر دردن.

يسألني الجميع هل تايلر يكوِّن جيشًا الآن حقًّا؟ هذه هي الكلمة. هل تايلر لا ينام إلا ساعة فحسب كل ليلة؟ الإشاعات تقول إن تايلر سيوجد أندية قتال في كل البلاد. ماذا بعد هذا؟ يريد الكل أن يعرف.

لقد انتقلت اجتماعات «مشروع الأضرار» إلى أقبية أكبر لأن كل لجنة ـ «الحرق» و«الاعتداء» و«الضرر» و«التضليل» ـ تنمو إذ يتخرج أفراد أكبر من نادي القتال. كل لجنة لها قائد وحتى القادة لا يعرفون مكان تايلر. يتصل بهم هاتفيًّا كل أسبوع.

كل من في «مشروع الأضرار» يريد معرفة وماذا بعد.

إلى أين نحن ذاهبون؟

ما الذي نتطلع إليه؟

في «بيبر ستريت» أمشي أنا ومارلا في الحديقة ليلًا بأقدام حافية، وكل خطوة تتصاعد منها رائحة زهرة الفربينا والجرمانيوم. حولنا قمصان وسراويل سود وشموع، يرفعون أوراق الشجر ليقتلوا قوقعًا أو علقة. تسأل مارلا عما يحدث هنا.

البراز والشعر المقصوص يبرز جوار أكوام التراب. عظام ودم. النباتات تنمو أسرع مما يستطيع قردة الفضاء جزها.

تسألني مارلا: «ماذا تنوي عمله؟».

ماذا أقول؟

وسط الطين أرى بقعة ذهبية تلمع فأنحني لأراها. أقول لمارلا إنني لا أعرف ما سيحدث.

يبدو أننا تم التخلي عنَّا.

بركن عيني أرى قردة الفضاء يجولون في ثياب سود، وكل منهم ينحني على شمعته. الشيء الذهبي الذي وجدته هو ضرس أمامي له حشو ذهبي. جواره يبرز ضرسان محشوان بالزئبق الملغم فضي اللون. إنها عظمة فك.

أقول لا. لا أعرف ما سوف يحدث، وأدفن الضرس، الضرسين، ثلاثة الأضراس وسط القاذورات مع الشعر والبراز حيث لن تستطيع مارلا أن تراها.

ليلة الجمعة هذه أنام على مكتبي في العمل.

حين أصحو ووجهي ويداي المتقاطعتان على مكتبي، يدق جرس الهاتف، وقد رحل الجميع. كان جرس هاتف يدق في أحلامي ولا أعرف إن كان الواقع قد انزلق للحلم، أم أن الحلم قد انسكب على الواقع! أرد على الهاتف. المسؤولية القانونية والإذعان.

هذا هو القسم الذي أعمل فيه. المسؤولية القانونية والإذعان. الشمس تغرب وسحب عاصفة آتية من وايومنج واليابان تتجه نحونا. ليس الأمر أن لديَّ نافذة في المكتب. كل الجدران الخارجية هي زجاج من السقف إلى الأرضية. كل شيء حيث أعمل زجاجي من السقف إلى الأرضية. كل شيء ستائر رأسية. كل شيء هو سجادة رمادية صناعية مبرقشة بشواهد القبور الصغيرة، حيث تتصل أجهزة الكمبيوتر في الشبكة. كل شيء متاهة من المربعات تحيط بها أسوار من الخشب الرقائقي المبطن.

مكنسة كهربية تئز في مكان ما.

ذهب رئيسي للعمل. أرسل إليَّ بريدًا إلكترونيًّا ثم اختفى. عليَّ أن

أعد مراجعة رسمية خلال أسابيع. أرتب كل أوراقي. أجري تحديثات على الملخص الذي سأعرضه. إنهم يرتبون لمقاضاتي.

أنا عدم اندهاش جو.

لقد كنت في الفترة الأخيرة أتصرف بشكل تعس.

ألتقط الهاتف فإذا هذا تايلر الذي يقول: «اخرج الآن. ثمة أشخاص ينتظرونك في ساحة انتظار السيارات».

أسأله: مَن هم؟

فيقول تايلر: «إنهم ينتظرون».

أشم رائحة الجازولين من يدي.

يقول تايلر: «اخرج. إن معهم سيارة بالخارج. لديهم سيارة «كاديلاك»».

ما زلت شبه نائم.

ولا أعرف إن كان تايلر حلمًا.

أم أني أنا حلم تايلر.

أشم رائحة الجازولين على يدي. لا أحد هنا لذا أخرج قاصدًا ساحة الانتظار.

هناك شخص من نادي القتال يعمل في السيارات، وها هو ذا يوقف سيارته «الكورنيش» حيث مكان وقوف أحدهم. كل ما أستطيع عمله هو أن أنظر إليها. كل السيارة أسود وذهبي. علبة سيجار عملاقة تتأهب لتقودني إلى مكان ما. يخرج الميكانيكي من السيارة ليخبرني ألا أقلق. لقد بدل الأرقام مع سيارة أخرى تقف في ساحة الانتظار الطويلة على طريق المطار.

يقول الميكانيكي إن بوسعه أن يشغل أي شيء. سلكان يخرجان من عمود القيادة. وصِّل السلكين معًا عندها تغلق الدائرة إلى الملف اللولبي لبادئ الحركة، وتأخذ السيارة في رحلة مجنونة.

إما أن تفعل هذا أو تزيف شفرة المفتاح.

ثلاثة قردة فضاء يجلسون في المقعد الخلفي بقمصانهم وسراويلهم السود. لا أرى شرًّا. لا أسمع شرًّا. لا أقول شرًّا.

أسأل أين تايلر إذن؟

يفتح لي الميكانيكي باب «الكاديلاك» كأنه سائقي الخاص. الرجل نحيل وبارز العظام له كتفان تذكرانك بعارضة الهاتف.

أسأل إن كنا ذاهبين للقاء تايلر.

في وسط المقعد كعكة عيد ميلاد بها شموع تنتظر من يوقدها. أدخل. نقود السيارة.

حتى بعد أسبوع من نادي القتال لا يضايقك أن تقود بسرعة قانونية. ربما يكون لون برازك أسود ولديك إصابات داخلية لمدة يومين، لكنك بخير. السيارات الأخرى تمر بك. سيارات تتكوم وراءك وقائدوها يأتون بحركات بذيئة بأيديهم. الغرباء يكرهونك. لا يوجد شيء شخصي هنا. بعد نادي القتال أنت مسترخٍ تمامًا فليس بوسعك أن تهتم. حتى الراديو لا تفتحه. ربما تؤلمك ضلوعك بسبب كسر رفيع كالشعرة كلما أخذت نفسًا. السيارات خلفك تقلب أنوارها. الشمس تغرب ذهبية برتقالية.

الميكانيكي هنا يقود السيارة. كعكة عيد الميلاد على المقعد بيننا. من المفزع أن ترى رجالًا مثل الميكانيكي في نادي القتال.

الأشخاص النحيلون لا يتوقفون أبدًا. يقاتلون حتى يتحولوا إلى هامبورجر. رجال بيض موشومون كأنهم هياكل عظمية غمست في شمع أصفر، ورجال سود كاللحم المقدد. هؤلاء الرجال يظلون معًا. لا يقولون توقف أبدًا. إنهم ممتلئون بالطاقة ويهتزون بسرعة حتى إنك ترى حدودهم زائغة. هؤلاء الأشخاص الذين يتعافون من شيء ما. كان آخر خيار أمامهم هو الموت، وهم يريدون أن يموتوا في قتال.

يجب أن يقاتلوا بعضهم.

لن يدعوهم واحد آخر للقتال، وهم لن يدعوا شخصًا آخر إلا النحيل مثلهم ذلك المفعم عظامًا وتهورًا. ولأن أحدًا آخر لن يقبل مقاتلتهم.

المشاهدون لا يصرخون حين يلتحم شخصان مثل الميكانيكي. كل ما تسمعه هو صوت المتقاتلين يلهثان عبر الأسنان، والأيدي تلتحم، وصوت التصادم حين ترتطم القبضات بالضلوع الرفيعة الجوفاء. ترى الأوتار والعضلات والأوردة تحت جلديهما تثب. جلداهما يلمعان ويعرقان تحت الضوء الوحيد.

عشر. خمس عشرة دقيقة تتوارى. يتعرقان. وعرقهما له رائحة تذكرك بالدجاج المقلي.

ستمر عشرون دقيقة من نادي القتال. في النهاية يسقط أحد الرجلين.

بعد القتال يظل رجلان من مدمني المخدرات الذين يحاولون الإقلاع معًا بقية الليلة، مرهقين يبتسمان لأنهما قاتلا بخشونة.

منذ إنشاء نادي القتال وهذا الميكانيكي يقيم حول بيت «بيبر ستريت». يريدني أن أسمع الأغنية التي كتبها. أن أرى عش الطيور الذي ابتناه. أراني صورة لفتاة وسألني عما إذا كانت جميلة بما يكفي ليتزوجها.

جالسًا في المقعد الأمامي يقول الرجل: «هل رأيت تلك الكعكة التي صنعتها لك؟ أنا صنعتها».

هذا ليس عيد ميلادي.

«بعض الزيت وصل إلى الأطواق. لكني غيرت الزيت ومرشح الهواء. تفقدت الصمام والتوقيت. من المفترض أن ينهمر المطر الليلة لذا غيرت الشفرات».

أسأله عما ينتويه تايلر.

يفتح مطفأة التبغ ويدفع قداحة السجائر، ويقول: «هل هذا اختبار؟ هل تمتحننا؟».

أين تايلر؟

«القاعدة الأولى لنادي القتال هي ألا تتكلم عن نادي القتال، وآخر قاعدة لـ«مشروع الأضرار» هي أنك لا توجه أسئلة».

فماذا عساه يخبرني؟

يقول لي: «يجب أن تفهم أن أباك كان هو النموذج الذي بنيت عليه تخيلك للإله».

ومن ورائي يصغر مكتبي ووظيفتي. أصغر، فأصغر. يختفيان. أشم رائحة الجازولين على يدي.

يقول الميكانيكي: «لو كنت ذكرًا مسيحيًّا وكنت تعيش في أمريكا،

فإن أباك هو نموذجك للإله. وإذا لم تكن تعرف أباك، أو مات أو لم تره في البيت قَطُّ، فكيف يكون إيمانك بالإله؟».

تلك هي عقيدة تايلر دردن مجملة. خطها على أوراق بينما أنا نائم ثم أعطيت لي كي أنسخها وأصورها في العمل. قرأتها كلها. حتى رئيسي قرأها على الأرجح.

يقول الميكانيكي: «ينتهي بك الأمر أن تقضي حياتك بحثًا عن الأب والإله».

يقول: «يجب عليك أن تقبل احتمال أن الله لا يحبك. ربما هو يكرهنا. ليس هذا أسوأ شيء يمكن أن يحدث».

وكان رأي تايلر أن جذب اهتمام الإله بك عن طريق الشر قد يكون أفضل من ألا تنال اهتمامه على الإطلاق. ربما مقته لك أفضل من لامبالاته.

لو كان عليك الاختيار بين أن تكون عدوه أو لا شيء فأيهما تختار؟ حسب كلام تايلر دردن فنحن أبناء الرب الأوسطون، بلا مكان خاص في التاريخ أو عناية خاصة.

ما لم ننل اهتمام الرب فلا أمل لنا في اللعنة أو الخلاص.

ما الأسوأ؟ الجحيم أم لا شيء؟

فقط حين نعتقل ونعاقب يمكننا أن نرجو الخلاص.

يقول الميكانيكي: «احرق اللوفر وامسح مؤخرتك بـ«الموناليزا». بهذه الطريقة على الأقل سيعرف الرب أسماءنا».

كلما انحدرت أكثر حلقت أعلى. كلما ابتعدت أكثر أراد الرب أن تعود أكثر.

يقول الميكانيكي: «لو أن الابن الضال لم يبرح الدار لظل الحمل السمين حيًّا»[1].

لا يكفي أن تكون ذرة رمل من رمال الشاطئ أو نجمة من النجوم في السماء.

ويدخل بالسيارة إلى الممر القديم الذي لا يسمح بالتجاوز، وسرعان ما يتكون صف من الشاحنات تمشي وراءنا بالسرعة القانونية. تعمينا الأضواء من خلفنا، وها نحن أولاء نتكلم. وقد انعكست صورتنا عبر زجاج النافذة.

نقود بالسرعة التي تسمح للقانون أن يكون قانونًا كما كان تايلر سيقول. إن القيادة بسرعة تشبه إشعال النار أو زرع القنابل أو إطلاق الرصاص على رجل.

المجرم هو المجرم هو المجرم.

يقول الميكانيكي: «الأسبوع الماضي كان بوسعنا أن نملأ أربعة أندية قتال».

الأسبوع المقبل لو وجد الميكانيكي بارًا مناسبًا فإنه سوف يشرح القوانين لبوب الضخم ويعطيه نادي القتال الخاص به.

من الآن حينما ينشئ أحد القادة نادي قتال، وحين يقف الجميع في الضوء الوحيد في القبو ينتظرون، يجب أن يدور القائد ويدور حول حدود الزحام في الظلام.

أسأله: من الذي صنع هذه القواعد الجديدة؟ هل هو تايلر؟

____

[1] يتكلم عن قصة عودة الابن الضال في التوراة. فالفتى الضال قد عاد إلى أبيه، من ثَمَّ ذبح له أسمن حمل عنده. (المترجم).

يبتسم الميكانيكي ويقول: «أنت تعرف من يصنع القواعد».
القاعدة الجديدة هي أنه يجب ألا يكون أحد مركزًا لنادي القتال.
لا أحد يقف في المركز باستثناء الرجلين المتصارعين. سوف يصرخ القائد وهو يمشي ببطء حول الزحام في الظلام. سينظر الرجال في الزحام إلى الرجال الآخرين عبر مركز الغرفة.
هكذا سيكون الحال في كل أندية القتال.
ليس من العسير أن تجد مرأبًا أو بارًا لاستضافة نادي قتال جديد.
حسب ما يقول الميكانيكي فإن القاعدة الجديدة لنادي القتال هي أنه سيظل مجانيًا للأبد. لن يكلفك الدخول مالًا أبدًا. يصرخ الميكانيكي من النافذة الجانبية في السيارات القادمة نحونا، بينما هواء الليل البارد يهب على جانب السيارة: «نريدكم أنتم لا مالكم!».
يصرخ الميكانيكي من النافذة: «ما دمتم في نادي القتال، فأنتم لستم ما لديكم من مال في المصرف. أنتم لستم وظائفكم، أنتم لستم أسركم، أنتم لستم ما تقولونه لأنفسكم».
يصرخ الميكانيكي في الريح: «أنتم لستم أسماءكم».
يتولى أحد قردة الفضاء في المقعد الخلفي الأمر: «أنتم لستم مشكلاتكم».
أحد قردة الفضاء يصيح: «أنتم لستم أعماركم».
الميكانيكي يملأ السيارة بأضواء الكشافات عبر الزجاج. سيارة تلو أخرى تندفع نحونا مباشرة نحونا وآلة تنبيهها تصرخ، فينحرف الميكانيكي بما يكفي فقط لتحاشيها.
الأضواء تأتي نحونا أكبر فأكبر. آلات التنبيه تعوي، فيمد

الميكانيكي عنقه نحو الوهج والضوضاء ويصرخ: «أنتم لستم آمالكم».

فلا يسمع أحد صراخه.

هذه المرة انحرفت السيارة التي كانت قادمة نحونا.

سيارة أخرى قادمة وأضواؤها تتوهج، تخفت. تتوهج، تخفت.

آلة التنبيه تعوي، فيصرخ الميكانيكي: «لن تنجوا!».

ولا ينحرف لكن السيارة القادمة نحونا مباشرة تفعل.

تظهر سيارة أخرى فيعوي الميكانيكي: «كلنا سنموت يومًا ما».

هذه المرة تنحرف السيارة القادمة لكن الميكانيكي ينحرف كذلك في طريقها. تنحرف السيارة فينحرف الميكانيكي كذلك. لقد صار الوجه للوجه من جديد.

تذوب وتنتفخ في هذه اللحظة. من أجل هذه اللحظة لا شيء يهم. انظر إلى النجوم ولسوف ينتهي أمرك أنت. ليس أمر متاعك. لا شيء يهم، حتى رائحة البخر الكريهة من فمك. النوافذ مظلمة من الخارج وآلة تنبيه السيارة تدوي. أضواء المقدمة تتوهج وتخفت في وجهك، فلن يكون عليك أن تذهب للعمل ثانية.

لن تحتاج إلى حلاقة شعر أخرى.

يقول الميكانيكي: «بسرعة!».

وتنحرف السيارة ثانية فيعاود الانحراف في طريقها.

يقول: «ماذا كنت تتمنى لو فعلته قبل أن تموت؟».

والسيارة القادمة تعوي والميكانيكي هادئ جدًّا، حتى إنه يلتفت إليَّ جواره على المقعد ويقول: «عشر ثوانٍ على التصادم».

«تسع».

«ثماني».

«سبع».

«ست».

أقول: وظيفتي. أتمنى لو تركت وظيفتي.

تبتعد الصرخة إذ تنحرف السيارة لكن الميكانيكي لا ينحرف ليصدمها.

أضواء أكثر أمامنا، فيستدير الميكانيكي لثلاثة القردة في المقعد الخلفي. ويقول: «هيه يا قردة الفضاء. أترون كيف نلعب هذه اللعبة؟ اعترفوا الآن وإلا متم جميعًا».

تمر جوارنا سيارة على اليمين كتب على واقي الاصطدام الخاص بها: «أنا أقود أفضل حين أكون ثملًا». تقول الصحف إن آلافًا من هذه الملصقات ظهرت على السيارات ذات صباح. ملصقات أخرى تقول: «كن عجلي».

«السائقون الثملون يتحدون الأمهات».

«أعد تدوير كل الحيوانات».

قرأت الصحف وعرفت أن «لجنة التضليل» هي من فعل هذا. أو ربما «لجنة الضرر».

جالسًا جواري يخبرني ميكانيكي نادي القتال، ذلك الرجل النظيف المتزن أن نعم. ملصقات الثمل هذه جزء من «مشروع الأضرار».

القردة الثلاثة هادئون في المقعد الخلفي.

«لجنة الضرر» تطبع بطاقات جيب للخطوط الجوية تظهر

المسافرين يتقاتلون على أقنعة الأكسجين، بينما تهوي طائرتهم نحو الصخور بسرعة ألف ميل في الساعة.

تتسابق لجنتا «التضليل» و«الضرر» على تطوير فيروس يجعل آلات الصرافة في البنوك مريضة. إلى درجة أن تتقيأ أوراقًا بعشرة وعشرين دولارًا.

تخرج القداحة المشتعلة فيطلب مني الميكانيكي أن أوقد شموع كعكة عيد الميلاد.

أشعل الشموع فتتوهج الكعكة تحت هالة من النيران.

«ماذا كنت تتمنى لو فعلته قبل أن تموت؟». يقولها الميكانيكي وينحرف بنا في وجه شاحنة آتية. تطلق الشاحنة آلة تنبيهها مطلقة دويًّا عاليًا تلو آخر، بينما كشافاتها الأمامية تسطع كأنها الشمس لتضيء ابتسامة الميكانيكي.

يقول للمرآة حيث يجلس قردة الفضاء في المقعد الخلفي: «تمنوا شيئًا، بسرعة! أمامنا خمس ثوانٍ قبل النسيان النهائي».

«واحد».

«اثنان».

لقد صارت الشاحنة هي كل شيء أمامنا.

«ثلاثة».

من المقعد الخلفي يقال: «أركب حصانًا».

صوت آخر يقول: «أبني بيتًا».

«أرسم وشمًا».

يقول الميكانيكي: «فلتؤمن بي. وعندها ستموت للأبد!».

انحرفت الشاحنة بعد فوات الأوان، وانحرف الميكانيكي لكن مؤخرة سيارتنا ضربت أحد رفارف الشاحنة الأمامية.

لم أعرف هذا وقتها. ما أعرفه هو الأضواء. الأضواء تتألق في الظلام وأطير أنا لأضرب الباب الجانبي ثم الكعكة ثم الميكانيكي خلف عجلة القيادة.

شموع الكعكة تنطفئ. وفي ثانية رائعة لم يعد هناك ضوء داخل السيارة الدافئة المبطنة بالجلد، واندفعت صرخاتنا بنفس النغمة العميقة. مع نفس الأنين الخفيض لبوق الشاحنة الهوائي، فلم تعد لنا سيطرة ولا خيارات ولا اتجاه ولا مفر. لقد هلكنا.

أمنيتي الآن هي أن أموت. أنا لا أمثل شيئًا للعالم إذا قورنت بتايلر. أنا عديم الحيلة.

أنا غبي، وكل ما أفعله هو أن أريد وأحتاج إلى أشياء.

حياتي الحقيرة، عملي القذر، أثاثي السويدي. لم أقل لأحد هذا قَطُّ، لكن قبل أن ألقى تايلر كنت أنوي شراء كلب وأسميه «حاشية السلطان». إلى هذا الحد يمكن أن تسوء حياتك.

اقتلني.

أتمسك بعجلة القيادة وأتلوى عائدًا إلى زحام المرور.

الآن.

استعد لإفراغ روحك.

الآن.

يصارع الميكانيكي عجلة القيادة نحو جانب الطريق وأنا أصارع كي أموت.

هذه معجزة الموت المذهلة. في ثانية أنت حي تمشي وتتكلم، وفي الثانية الأخرى أنت شيء.

أنا لا شيء بل أقل من هذا.

بارد.

غير مرئي.

أشم الجلد. حزام الأمان يلتف من حولي كقميص الأكتاف. وحين أحاول النهوض يضرب رأسي عجلة القيادة. هذا يؤلمني أكثر مما يجب. أنظر إلى أعلى فأرى وجه الميكانيكي من فوقي يبتسم ويقود وأرى النجوم خارج نافذته.

يداي ووجهي لزجان بفعل شيء.

هل هو دم؟

ثلج ناعم مخفوق كالقشدة.

يقول الميكانيكي: «عيد ميلاد سعيد».

أشم الدخان فأتذكر كعكة عيد الميلاد.

يقول: «كدت أحطم عجلة القيادة برأسك».

لا شيء سوى هذا. فقط هواء الليل ورائحة الدخان والنجوم والميكانيكي يقود ويبتسم. رأسي في حجره. وفجأة أشعر بأنني غير راغب في الجلوس.

أين الكعكة؟

يقول الميكانيكي: «على الأرض».

فقط هواء الليل ورائحة الدخان أثقل.

هل حققت أمنيتي؟

فوقي على خلفية نجوم السماء يبتسم الوجه ويقول: «شموع عيد الميلاد هذه. إنها من النوع الذي لا ينطفئ».

وفوق رأسي تتعود عيناي الظلمة لتريا الدخان ينبعث من نيران صغيرة تحيط بنا في بطانة سقف السيارة.

١٩

يضغط ميكانيكي نادي القتال على دواسة البنزين، ممارسًا تهوره الهادئ خلف عجلة القيادة، وما زال لدينا عمل مهم نقوم به الليلة.

ثمة شيء يجب أن أتعلمه قبل انتهاء الحضارة، هو أن أنظر إلى النجوم وأعرف اتجاهي. الأمور هادئة كأننا نقود سيارة «كاديلاك» في الفضاء الخارجي. الرجال الثلاثة في المقعد الخلفي فقدوا وعيهم أو ناموا.

يقول الميكانيكي: «أنت مررت بتجربة دنو من الحياة».

يرفع يده عن المقود ويلمس الكدمة الطويلة حيث ضرب رأسي عجلة القيادة. لقد تورمت جبهتي إلى حد أن عيني أغلقتا، وهو يمرر طرف إصبع باردة على التورم. ترتطم السيارة «الكورنيش» فينفجر الألم من عيني كما يخرج الظل من حافة القبعة. صوت المساعدين الخلفيين يعوي ويئن في السكون بينما نحن نندفع في هذا الطريق الليلي.

يقول الميكانيكي كيف أن واقي الصدمات الخلفي لم يعد يثبته إلا الأربطة، وكيف أنه كاد ينفصل حين اشتبك بواقي صدمات الشاحنة. أسأله عمَّا إذا كانت الليلة جزءًا من واجبات «مشروع الأضرار»؟

١٦٨

يقول: «جزء منها. عليَّ أن أقدم أربعة قرابين بشرية، عليَّ أن أجلب الكثير من الشحم».

شحم؟

«للصابون».

ماذا يخطط له تايلر؟

يتكلم الميكانيكي ومن الواضح أن هذا كلام تايلر دردن.

«أرى أمامي أذكى الرجال على وجه الأرض»، ويرتسم وجهه محددًا أمام النجوم في نافذة السائق، «وهؤلاء الرجال يعملون في مضخات البنزين أو يقومون بالخدمة على الموائد».

أرى بوضوح على خلفية النجوم منظر جبهته، حاجبيه، منحنى أنفه، أهدابه. المنظر الجانبي البلاستيكي لفمه.

«لو استطعنا وضع هؤلاء القوم في معسكرات تدريب ونربيهم».

«كل ما يفعله المسدس هو تركيز انفجار في اتجاه واحد».

«لديك طابور من الشباب والشابات، وكلهم يريدون التضحية بحياتهم لهدف ما. الإعلانات جعلت هؤلاء القوم يطاردون السيارات والثياب التي لا يحتاجون إليها. هناك أجيال ظلت تعمل في وظائف تكرهها فقط لتستطيع شراء أشياء لا تحتاج إليها».

«لا توجد حروب عظيمة في جيلنا ولا كساد عظيم، لكن لدينا حربًا عظمى للروح. لدينا ثورة عظمى ضد الثقافة. الكساد العظيم هو حياتنا».

«يجب أن نُعلم هؤلاء الرجال والنساء معنى الحرية عن طريق استعبادهم. نعلمهم معنى الشجاعة بإفزاعهم».

«نابليون زعم كاذبًا أنه يستطيع أن يجعل الناس يضحون بحياتهم من أجل قطعة من وشاح».

«تصور لو أننا نظمنا إضرابًا وأبى الجميع العمل حتى يتم توزيع ثروات العالم بالقسطاس».

«تخيل صيد الوعول في الغابات حول خرائب مركز «روكفلر» التجاري».

يقول الميكانيكي: «ما قلته عن وظيفتك، هل كنت تعنيه؟».

نعم كنت أعنيه.

«لهذا نحن على الطريق الليلة».

نحن فرقة صيد نبحث عن الدهن.

سنذهب إلى مستودع المهملات الطبي.

سنذهب إلى المحرقة وهناك بين الثياب الجراحية المهملة وغيار الجروح، والأورام التي مر عليها عشر سنوات، والإبر التي تخلصوا منها، وأنابيب الحقن الوريدي. أشياء مخيفة. نعم أشياء مخيفة. بين عينات الدم والأطراف المبتورة سنجد مالًا أكثر مما نستطيع نقله في ليلة واحدة حتى لو كنا سننقله في شاحنة مخلفات.

سنجد مالًا يكفي لتحميل هذه «الكورنيش» حتى محور العجلة.

يقول الميكانيكي: «دهن. دهن تم شفطه من أكثر الأفخاذ ثراء في أمريكا. أغنى وأسمن أفخاذ في العالم».

هدفنا هو الأكياس الحمراء الممتلئة بالدهن الذي تم شفطه لننقله إلى «بيبر ستريت» ونخلطه بالصودا الكاوية ونبات إكليل الجبل، ونبيعه ثانية للناس الذين دفعوا ليشفطوه. قطعة الصابون بعشرين

دولارًا. هؤلاء الأشخاص هم الوحيدون الذين يمكنهم دفع مبلغ كهذا.

يقول: «أكثر الدهون ثراء ودسامة في العالم. هذا يجعل الليلة نوعًا من مغامرات «روبن هود»».

نيران الشمع تتناثر على بطانة السقف.

يقول: «بينما نحن هناك، علينا أن نفتش عن بعض فيروسات الالتهاب الكبدي كذلك».

٢٠

الآن بدأت الدموع تنهمر، وانحدرت قطرة كبيرة على ماسورة المسدس ثم على الحلقة المحيطة بالزناد لتنفجر على إصبعي السبابة. أغمض ريموند هيسل عينيه لذا ضغطت المسدس بقوة على صدغه، حتى يظل شاعرًا به هناك، وأنني بجواره، وأن هذه حياته. إنه قد يموت في أي لحظة.

لم يكن هذا سلاحًا رخيصًا وقد تساءلت عما إذا كان الملح يمكن أن يتلفه.

لقد كان كل شيء سهلًا. لقد فعلت كل ما طلبه الميكانيكي. لهذا احتجنا إلى شراء مسدس. هذا هو واجبي المنزلي.

علينا أن نجلب لتايلر اثنتي عشرة رخصة قيادة. معنى هذا أن كلًّا منا سيقدم اثني عشر قربانًا بشريًّا.

لقد أوقفت سيارتي وانتظرت خارج المربع العمراني حتى ينهي ريموند هيسل ورديته في «كونر مارت» الساهر طيلة الليل. وعند منتصف الليل كان بانتظار الحافلة الليلية حين دنوت منه وقلت: مرحبًا.

لم يقل ريموند هيسل أي شيء. ربما حسب أنني أريد ماله، راتبه الذي يبلغ الحد الأدنى. الأربعة عشر دولارًا في جيبه. آه يا ريموند هيسل! يا لأعوامك الثلاثة والعشرين. حين رحت تبكي والدموع تنحدر على ماسورة المسدس الملصق بصدغك. لا. لم يكن المال هو غرضي. ليس المال كل شيء.

لم تقل مرحبًا.

أنت لست حافظة نقودك التعسة.

أقول له: ليلة طيبة لكن باردة.

حتى مرحبًا لم تقلها.

قلت: لا تجرِ وإلا أطلقت الرصاص عليك من الظهر. أخرجت المسدس وكنت أضع قفازات من اللاتكس، حتى إذا صار المسدس دليل اتهام في قضية فلن يكون عليه إلا قطرات دمع ريموند هيسل الجافة. ريموند هيسل أبيض، عمره ثلاثة وعشرون عامًا بلا علامات مميزة.

ثم نلت اهتمامك. عيناك كبيرتان إلى درجة أنني في إضاءة الشارع الخافتة استطعت أن أرى أن لونهما أخضر مقاوم للتجمد.

كنت تهتز للأمام والخلف كلما لمس المسدس وجهك، كأنما المسدس ساخن جدًّا أو بارد جدًّا. حتى قلت أنا لا تتقهقر. عندها تركت المسدس يلمسك، وحتى في هذه اللحظة أرجعت رأسك إلى الوراء بعيدًا عن الماسورة.

أعطيتني حافظتك كما طلبت.

كان اسمك على الرخصة هو ريموند ك. هيسل. تعيش في ١٣٢٠

إس إي بينينج. شقة أ. لا بد أنها شقة في القبو. شقق القبو تأخذ حروفًا بدلًا من الأرقام.

«ريموند كـ كـ كـ كـ هيسل». كنت أتكلم معك.

دحرجت رأسك للوراء بعيدًا عن المسدس وقلت نعم. قلت نعم أنت تعيش في القبو.

لديك صور في الحافظة كذلك. هناك صورة أمك.

يجب أن تفتح عينيك لترى صورة بابا وماما يبتسمان وترى المسدس في الوقت ذاته. لكنك تفعل ثم تغمض عينيك ثانية وتبدأ في البكاء.

سوف تهدأ. إنها معجزة الموت المذهلة. في دقيقة أنت شخص. في الدقيقة الأخرى أنت شيء. ولسوف يتصل بابا وماما بالطبيب العجوز أيًّا كان اسمه طالبين سجلات تقويم أسنانك للتعرف على جثتك، لأنه لن يبقى من وجهك الكثير. بابا وماما كانا يتوقعان منك الكثير. لكن الحياة لم تكن عادلة، وها قد صارت الأمور إلى هذا. أربعة عشر دولارًا.

هل هذه أمك؟

نعم. كنت تبكي، تتمخط، تبكي، وابتلعت ريقك. نعم.

لديك بطاقة مكتبة. لديك كارنيه استعارة فيديو. بطاقة أمن اجتماعي. أربعة عشر دولارًا نقدًا. أردت أن آخذ تصريح اشتراك الحافلة لكن الميكانيكي أمرني بأن آخذ رخصة القيادة فقط. كارنيه طالب جامعي انتهى تاريخ صلاحيته.

كنت تدرس شيئًا ما.

هنا أطلقت صرخة حادة حتى إنني ضغطت المسدس أكثر على خدك، فبدأت تتراجع حتى أمرتك بأن تثبت وإلا مت حيث أنت. ماذا كنت تدرس؟

أين؟

في الكلية. لديك كارنيه طالب جامعي.

أوه. لم تكن تعرف. ابكِ، ابتلع ريقك. تمخط، تمخط. كنت أدرس الأحياء.

اسمع، الآن ستموت يا «ريموند ك ك ك ك ك هيسل». الليلة. ربما تموت خلال ثانية أو ساعة. قرر هذا. لذا اكذب عليَّ. قل لي أول ما يخطر بذهنك. ابتكر شيئًا. لا أهتم. إن السلاح معي.

أخيرًا تصغي وتخرج من المأساة الصغيرة التي في ذهنك. املأ الفراغات. ماذا يريد ريموند هيسل أن يكونه حين يكبر؟

العودة إلى الدار. قلت إن كل ما تريده هو العودة إلى دارك.

لا غرابة في هذا. لكن بعد هذا كيف تنوي أن تمضي حياتك لو كان بوسعك عمل كل شيء في العالم؟

ابتكر شيئًا.

لا تعرف؟

إذن ستموت الآن. أقول الآن أدر رأسك.

الموت يبدأ خلال عشر، تسع، ثمانٍ.

تقول أريد أن أكون طبيبًا بيطريًّا.

هذا يعني الحيوانات. عليك أن تذهب إلى المدرسة لهذا الغرض. معنى هذا الكثير من الدراسة.

من الممكن أن تذهب إلى المدرسة وتدرس بجد أو تكون ميتًا. اختر أنت. وضعت الحافظة في الجيب الخلفي لسروالك الجينز. إذن أردت أن تكون طبيب حيوانات. أنزع فوهة المسدس عن خد وألصقها بالآخر. هل هذا ما أردته دومًا يا «ريموند ك ك ك ك هيسل»؟ طبيبًا بيطريًا؟

نعم.

بلا خداع؟

لا. لا.

قلت نعم. وألصقت فوهة المسدس بذقنك. تركت الفوهة دائرة براقة رطبة من الدموع.

قلت: إذن. عد إلى المدرسة، ولو صحوت غدًا فلتجد طريقًا يقودك إلى المدرسة.

وضغطت الفوهة على كل خد، ثم على ذقنك ثم في جبهتك. قلت من الممكن أن تموت الآن.

معي رخصة قيادتك.

ولسوف آتي لأراك يا مستر «ريموند ك ك ك ك هيسل». بعد ثلاثة أشهر ثم ستة أشهر ثم بعد عام. فإذا لم أجدك في المدرسة في طريقك لتصير طبيبًا بيطريًا ستموت.

لم تقل شيئًا.

اخرج من هنا وعش حياتك الحقيرة، لكن تذكر أني أراقبك. وأنا أفضل أن أقتلك على أن أراك تمارس عملًا حقيرًا يعطيك فقط ما يكفي من مال لشراء الجبن ومشاهدة التلفزيون.

الآن سأرحل فلا تستدر للوراء.

هذا ما يريد تايلر أن أفعله.

هذه كلمات تايلر تخرج من فمي.

أنا يدا تايلر.

وكل واحد في «مشروع الأضرار» هو جزء من تايلر والعكس.

سوف يبدو مذاق عشائك أشهى من أي شيء أكلته من قبل يا «ريموند ك هيسل»، ولسوف يكون الغد أجمل يوم في حياتك كلها.

٢١

تصحو في سكاي هاربر إنترناشونال.

وتؤخر ساعة معصمك ساعتين.

المركبة تأخذني إلى فينكس، لأجد في كل بار أدخله رجالًا بخيوط جراحية حول محاجر أعينهم، حيث هشمت ضربة قوية لحم وجوههم على تلك الحافة الحادة. هناك أشخاص بأنوف منحرفة يرونني بالفجوة في خدي، فنصير أسرة واحدة على الفور.

تايلر لم يعد إلى البيت منذ فترة. أمارس عملي البسيط؛ أذهب من مطار إلى مطار لأتفحص السيارات التي هلك الناس فيها. إنه سحر السفر. حياة هشة. صابون رقيق. مقاعد الطائرة الهشة.

في كل مكان أسافر إليه أسأل عن تايلر.

لو وجدته فإن رخصات قيادة قرابيني البشرية الاثني عشر في جيبي.

في كل بار أدخله، في كل بار لعين أدخله أرى أشخاصًا مضروبين.

في البار يرحبون بي ويريدون أن يبتاعوا لي الجعة.

أسألهم عما إذا كانوا قد رأوا من يدعى تايلر دردن.

من الغباء أن أسأل إذا ما كانوا يعرفون نادي القتال.

القاعدة الأولى هي ألا تتكلم عن نادي القتال.
لكن هل رأوا تايلر دردن؟
يقولون إنهم لم يسمعوا عنه.
لكن ربما تجده في شيكاغو يا سيدي.
لا بد أن الفجوة في خدي هي ما يجعل الناس ينادونني «سيدي».
ويغمزون.
تصحو في أوهار وتركب إلى شيكاغو.
وتقدم ساعتك ساعة.
لو أنك استطعت أن تصحو كل يوم في مكان مختلف.
لو أنك استطعت أن تصحو في زمن مختلف.
فلماذا لا تستطيع أن تصحو كشخص مختلف؟
في كل بار تدخله تجد أشخاصًا تم ضربهم بقسوة يدعونك إلى شرب البيرة.
وآسف يا سيدي. هم لم يقابلوا تايلر دردن قَطُّ.
ويغمزون.
لم يسمعوا بالاسم من قبل يا سيدي.
هل هناك نادي قتال هنا الليلة؟
لا يا سيدي.
القاعدة الثانية لنادي القتال هي ألا تتكلم عن نادي القتال.
ويهز الأشخاص المضروبون في البار رؤوسهم.
لم نسمع عنه قَطُّ يا سيدي. لكن ربما تجد نادي القتال الذي تسأل عنه في سياتل.

تصحو في ميجز فيلد وتطلب مارلا لتعرف ماذا يحدث في «بيبر ستريت». تقول مارلا إن كل قردة الفضاء تحلق رؤوسها الآن. لقد سخنت آلات الحلاقة الكهربية ورائحة البيت كلها هي رائحة الشعر المحترق. قردة الفضاء كلها تحرق بصمات أصابعها بالصودا الكاوية.

تصحو في سي تاك.

وتؤخر ساعة معصمك ساعتين.

المركبة تأخذك إلى قلب سياتل، وفي أول بار تدخله تجد الساقي يضع ياقة علاجية ترجع رأسه إلى الوراء، حتى إنه يحتاج إلى أن ينظر من فوق أنفه الأحمر المهشم الشبيه بالباذنجان كي يراك.

البار فارغ والساقي يقول: «مرحبًا بعودتك يا سيدي».

أنا لم آتِ إلى هذا البار من قبل قَطُّ. قَطُّ.

أسأله عما إذا كان سمع عن تايلر دردن.

فيقطب الساقي وذقنه ملتصق لأعلى الياقة ويقول: «هل هذا اختبار؟».

أقول نعم هذا اختبار فهل قابل من قبل تايلر دردن؟

يقول: «أنت جئت هنا الأسبوع الماضي يا مستر دردن. ألا تتذكر؟».

تايلر كان هنا إذن.

«بل كنت أنت هنا يا سيدي».

أنا لم آتِ هنا قَطُّ قبل هذه الليلة.

«لو كنت تقول هذا يا سيدي فهو كذلك. لكنك ليلة الخميس جئت لتسألني متى تغلق الشرطة هذا البار».

ليلة الخميس ظللت أعاني الأرق طيلة الليل. أتساءل عما إذا كنت متيقظًا. صحوت في ساعة متأخرة صباح الجمعة وعظامي تؤلمني أشعر بأن عينَي لم تغلقا قَطُّ.

يقول ساقي البار: «نعم يا سيدي. ليلة الخميس كنت تقف حيث أنت الآن، وكنت تسألني عن كبسات الشرطة، وأخبرتني كيف اضطر كثيرون إلى ترك نادي القتال الخاص بيوم الأربعاء».

يهز الساقي كتفه ويلوي عنقه لينظر في البار الخاوي، ويقول: «لن يسمعنا أحد يا مستر دردن. لقد تخلى عنا سبعة وعشرون واحدًا ليلة أمس. إن المكان يكون خاليًا دومًا بعد نادي القتال».

في كل بار دخلته ذلك الأسبوع كان القوم ينادونني «سيدي».

وفي كل بار أدخله كان أعضاء نادي القتال يبدون متشابهين. فكيف يعرفني غريب؟

يقول الساقي: «إن لديك وحمة يا مستر دردن. على قدمك، تبدو كأستراليا داكنة مع نيوزيلندا جوارها».

فقط مارلا تعرف هذا. مارلا وأبي. حتى تايلر لا يعرف هذا الموضوع. حين أذهب إلى الشاطئ أجلس وتلك الساق مثنية تحتي.

السرطان الذي ليس عندي هو في كل مكان الآن.

«كل واحد في «مشروع الأضرار» يعرف يا مستر دردن»، قالها الساقي وهو يرفع ظهر يده لي فأرى قبلة محروقة هناك. قبلتي؟

قبلة تايلر.

يقول الساقي: «الجميع يعرف بأمر الوحمة. إنها جزء من الأسطورة، أنت تتحول إلى أسطورة لعينة يا رجل».

أطلب مارلا من فندق «سياتل» لأسألها إن كنا فعلناها.

أنت تعرف.

مكالمة لمسافة بعيدة. تقول مارلا: «ماذا؟».

هل نمنا معًا؟

«ماذا؟».

هل حدث أن مارست الجنس معكِ؟

تقول: «رباه!».

حسنٌ؟

تقول: «حسنٌ؟».

هل مارسنا الجنس؟

«أنت كتلة قذارة».

هل مارسنا الجنس؟

«بوسعي أن أقتلك».

هل معنى هذا نعم أم لا؟

تقول مارلا: «كنت أعرف أن هذا سيحدث، أنت مجرد قشرة. تحبني وتتجاهلني. تنقذ حياتي ثم تصنع من أمي صابونًا».

أقرص نفسي.

أسأل مارلا عن كيفية لقائنا.

فتقول مارلا: «في هذا الشيء المخصص لسرطان الخصية. ثم أنقذت حياتي».

أنا أنقذت حياتها؟

«أنت أنقذت حياتي».

تايلر أنقذ حياتها.

«أنت أنقذت حياتي».

أدخل إصبعي في فجوة خدي وأحركها. هذا يكفي لإحداث ألم عنيف يوقظني.

تقول مارلا: «أنت أنقذت حياتي. فندق «ريجنت». كنت قد حاولت الانتحار، هل تذكر؟».

أوه.

تقول مارلا: «في تلك الليلة قلت إنني أريد الإجهاض».

كنا قد تخلصنا لتونا من التوتر.

أسأل مارلا عن اسمي.

سوف نموت جميعًا.

تقول مارلا: «أنت تايلر دردن، اسمك هو «تايلر ـ براز بدلًا من المخ ـ دردن». تعيش في NE 5123 «بيبر ستريت» حيث يحتشد الآن أتباعك يحلقون رؤوسهم ويحرقون جلودهم بالصودا الكاوية».

أريد أن أنام.

تصرخ مارلا: «يجب أن ترجع هنا. قبل أن يصنع هؤلاء الأقزام صابونًا مني».

يجب أن أجد تايلر.

أسألها عن كيفية حصولها على الندبة على ظهر يدها.

تقول مارلا: «أنت، أنت لثمت يدي».

يجب أن أجد تايلر.

يجب أن أنام.

يجب أن أذهب لأنام.

أقول لمارلا تصبحين على خير، ويصير صراخها أصغر فأصغر فأصغر، ويتلاشى إذ أضع سماعة الهاتف.

٢٢

طيلة الليل تحلق أفكارك في الهواء.

هل أنا نائم؟ هل نمت أصلًا؟ هذا هو الأرق.

حاول أن تسترخي مع كل زفير لكن قلبك ما زال يتسارع وأفكارك إعصار في رأسك.

لا شيء يفلح.

أنت في أيرلندا.

ولا تعد الماشية.

أنت تعد الأيام والساعات والدقائق منذ نمت آخر مرة. لقد ضحك طبيبك منك. لم يمت أحد قَطُّ من نقص النوم. بمظهر وجهك الذي يشبه الفاكهة المهشمة كنت ستفترض أنك ميت.

بعد الثالثة صباحًا في سرير فندق في سياتل، صار الوقت متأخرًا كي تجد مجموعة مساندة سرطان، متأخرًا جدًّا كي تجد كبسولات أميتال الصوديوم الزرقاء أو السيكونال الأحمر كطلاء الشفاه. بعد الثالثة صباحًا ليس بوسعك أن تندمج في نادي قتال.

يجب أن تجد تايلر.

يجب أن تظفر ببعض النوم.

ثم تصحو لتجد تايلر يقف في الظلام جوار الفراش.

تنهض.

في اللحظة التي غبت فيها في النوم كان تايلر هناك يقول: «اصحُ، اصح. لقد حللنا المشكلة مع الشرطة هنا في سياتل. اصحُ».

أراد مدير الشرطة أن يقوم بكبسة على ما يطلق عليه «نشاطات شبه عصابية» و«أندية ملاكمة بعد الساعات الرسمية».

يقول تايلر: «لكن لا تقلق. السيد مدير الشرطة لن يكون مشكلة».

يقول تايلر: «إننا نمسك به من خصيتيه الآن».

أسأل عما إذا كان تايلر يتبعني.

يقول تايلر: «مضحك، أردت أن أسألك الشيء ذاته. لقد تكلمت عني مع الآخرين أيها القذر الصغير. لقد حنثت بوعدك».

تايلر يتساءل متى أفهم كنهه.

يقول تايلر: «في كل مرة نمت فيها، كنت أخرج وأقوم بعمل وحشي، عمل مجنون، عمل خارج سيطرة عقلي».

يركع تايلر جوار الفراش ويهمس: «الخميس الماضي نمت أنتُ، فاستقللت أنا الطائرة إلى سياتل لألقي نظرة على نادي قتال صغير. لأتحقق من عدد المنسحبين. أبحث عن مواهب جديدة. إن لدينا «مشروع الأضرار» في سياتل كذلك».

تتحسس أنامل تايلر النتوء فوق حاجبي ويقول: «لدينا «مشروع الأضرار» في لوس أنجلوس وديترويت. هناك «مشروع أضرار»

كبير في واشنطن العاصمة وفي نيويورك. لدينا «مشروع أضرار» في شيكاغو لشدة دهشتك».

يقول تايلر: «لا أصدق أنك حنثت بوعدك. أول قاعدة هي ألا تتكلم عن نادي القتال».

كان في سياتل الأسبوع الماضي حين أخبره ساقي بار يضع ياقة علاجية أن رجال الشرطة سوف يكبسون على نادي القتال. مأمور الشرطة نفسه أراد هذا بشكل خاص.

يقول تايلر: «ما يحدث هنا هو أن رجال شرطة يأتون إلى نادي القتال ويحبونه. لدينا صحفيون وكتبة قانون ومحامون، ونحن نعرف كل ما سيحدث».

كانوا سيغلقون أبوابنا.

يقول تايلر: «على الأقل في سياتل».

أسأله عما فعل بصدد هذا.

يقول تايلر: «ما فعلناه بصدد هذا».

طلبنا اجتماع «لجنة الاعتداء».

«لم يعد هناك أنت وأنا بعد اليوم». ويعتصر طرف أنفي ويقول: «أعتقد أنك فهمت ما هنالك».

كلانا يستعمل الجسد ذاته لكن في أوقات مختلفة.

يقول تايلر: «علينا واجب منزلي خاص. قلت أحضر لي خصيتي سعادته مأمور شرطة سياتل أيًّا من كان، ساخنتين يتصاعد منهما البخار». أنا لا أحلم.

يقول تايلر: «نعم لا تحلم».

لقد كوَّنَّا فريقًا من أربعة عشر قرد فضاء، منهم خمسة من رجال الشرطة، وقد حضرنا جميعًا في الحديقة حين يقوم سموه بنزهة كلبه الليلة.

يقول تايلر: «لا تقلق. الكلب بخير!».

لقد استغرقت الهجمة ثلاث دقائق أقل من أفضل بروفة قمنا بها. أفضل بروفة قمنا بها كانت تسع دقائق.

كان لدينا خمسة من قردة الفضاء يمسكون به.

تايلر يخبرني بهذا لكني بشكل ما أعرفه بالفعل.

ثلاثة قردة يراقبون.

وواحد خدر الرجل بالأثير.

وأحدهم أنزل سروال بزة التدريب الموقرة.

الكلب كان خنوعًا وقد اكتفى بالنباح والنباح. النباح والنباح.

أحد قردة الفضاء لف الرباط المطاطي ثلاث مرات حتى أحكم العقدة حول صفن معاليه الموقر.

«قرد فضاء بين فخذيه يمسك بالسكين». يهمس تايلر في أذني بوجهه الذي تلقى لكمات كثيرة. «وأنا أهمس في أذنه البوليسية الموقرة أن عليه أن يوقف تلك الكبسات على نادي القتال، وإلا أخبرنا العالم أن معاليه لا يملك خصيتين».

يهمس تايلر: «إلى أي حد تعتقد أنه يمكنك التمادي يا صاحب السعادة؟».

الرباط المطاطي يقتل أي أحاسيس هناك.

«ما مستقبلك السياسي لو عرف الناخبون أنه لا توجد خصيتان لك؟».

عند هذا الحد كان معاليه قد فقد الإحساس.

خصيتاه صارتا باردتين كالثلج يا رجل.

لو أغلق نادي قتال واحد لأرسلنا خصيتيه إلى شرق البلاد وغربها. واحدة إلى جريدة «نيويورك تايمز» والأخرى إلى جريدة «لوس أنجلوس تايمز».

واحدة لكل نوع من أنواع الصحف.

أخرج قردة الفضاء خرقة الأثير من فمه فقال المأمور: لا.

قال تايلر: «ليس لدينا ما نفقده إلا نادي القتال».

بينما مأمور الشرطة لديه كل شيء.

كل ما بقي لنا هو قاذورات وركام العالم.

وهز تايلر رأسه لقرد الفضاء الذي يحمل السكين بين فخذي المأمور.

سأله تايلر: «تخيل باقي حياتك بكيسك يتدلى فارغًا».

قال المأمور لا.

لا تفعلوا هذا.

توقفوا.

أرجوكم!

رباه.

النجدة.

أنا.

النجدة.

لا.

أنا.

رباه.

أنا.

توقفوا.

هم.

هنا يدفع قرد الفضاء بنصل سكينه ويكتفي بقطع الرباط المطاطي. ست دقائق وكنا قد انتهينا.

قال تايلر: «تذكر هذا، الناس الذين تحاول أن تطئهم هم الناس الذين تعتمد عليهم. نحن القوم الذين يغسلون غسيلك ويطهون طعامك ويقدمون لك العشاء. نحن نعد فراشك. نحرسك في أثناء نومك. نقود سيارات الإسعاف. نوجه مكالماتك الهاتفية. نحن الطهاة وسائقو التاكسي ونعرف كل شيء عنك. نحن نتولى مطالباتك للتأمين ونفقات بطاقة الائتمان. نتحكم في كل حياتك».

«نحن أطفال التاريخ الأوسطون الذين ربانا جهاز التلفزيون وقال لنا إننا يومًا سنصير مليونيرات ونجوم سينما ونجوم موسيقى روك، لكن هذا لن يحدث. ونحن الآن نستوعب هذه الحقيقة». يقول تايلر: «لذا لا تعبث معنا!».

قرد الفضاء يضغط أكثر بالأثير على أنف المأمور، فيغيب عن الوعي.

فريق آخر يضعه في ثيابه ثم يعيدونه وكلبه إلى الدار. بعد هذا أصبح السر يخصه. هكذا لم نعد نتوقع المزيد من الكبسات على أندية القتال.

لقد عاد سعادته إلى داره مذعورًا لكنه سليم.

يقول تايلر: «كلما قمنا بهذه الواجبات المنزلية الصغيرة، يساهم رجال نادي القتال هؤلاء الذين ليس لديهم ما يخسرون في «مشروع الأضرار»».

ويركع تايلر جوار فراشي قائلًا: «أغمض عينيك وأعطني يدك».

أغلق عينَيَ فيأخذ تايلر يدي. أشعر بشفتَي تايلر على ندبة قبلته.

يقول تايلر: «قلت لك إنه لو تكلمت عني من وراء ظهري فلن تراني أبدًا. نحن لسنا شخصين منفصلين. باختصار حين تصحو أنت تملك السيطرة ويمكنك أن تطلق على نفسك أي شيء، لكن متى نمت أتولى أنا القيادة. وتصير أنت مستر تايلر دردن».

أقول: لكننا تقاتلنا ليلة ابتكرنا نادي القتال.

يقول تايلر: «لم تكن تقاتلني فعلًا... قلت بنفسك ذلك. كنت تقاتل كل ما تكرهه في العالم».

لكن بوسعي أن أراك.

«أنت نائم الآن».

لكنك تستأجر بيتًا ولك وظيفة، وظيفتان.

يقول تايلر: «اطلب شيكاتك الملغاة من المصرف. لقد استأجرت البيت باسمك. ستجد الكتابة على ظهر شيكات الإيجار تماثل الأوراق التي كنت تنسخها لي».

كان تايلر ينفق مالي. لا غرابة في أن رصيدي لا يسمح بالسحب طيلة الوقت.

«والوظائف، لماذا تعتقد أنك مرهق إلى هذا الحد؟ رباه. هذا ليس أرقًا. ما إن تنام أتولى حتى أنا القيادة، وأذهب للعمل أو نادي القتال أو أي شيء. من حسن حظك أنني لم أجد وظيفة كمربي ثعابين».

أقول: لكن ماذا عن مارلا؟

«مارلا تحبك».

«مارلا لا تعرف الفارق بيني وبينك. أعطيتها اسمًا مستعارًا يوم لقائكما. لم تعطها اسمك الحقيقي قطُّ في أي مجموعة مساندة. أنت أيها القذر المزيف. منذ أن أنقذت أنا حياتها تعتقد مارلا أن اسمك هو تايلر دردن».

الآن وقد صرت أعرف سر تايلر فهل يختفي للأبد؟

يقول تايلر: «لا». ما زال يمسك بيدي. «ما كنت لأكون هنا لو لم تكن بحاجة إليَّ. سأظل أحيا حياتي في أثناء نومك، لكن إذا حاولت العبث معي أو قيدت نفسك للفراش بالسلاسل ليلًا، أو تعاطيت جرعات كبيرة من المنوم، سنصير عدوين. ولسوف أنتقم منك».

هذا هراء. هذا حلم. تايلر مجرد إسقاط. إنه اضطراب فصامي. حالة هروب نفسي. تايلر دردن هو هلوستي الخاصة.

يقول تايلر: «تبًّا لهذا الهراء. ربما كنت أنت هلوسة الشيزوفرينيا الخاصة بي».

كنت هنا أولًا.

يقول تايلر: «أجل أجل أجل. لكن دعنا نَرَ من يبقى للنهاية».

هذا وهم. هذا حلم. وسوف أصحو منه.

«إذن اصحُ منه».

هنا يدق الهاتف وقد رحل تايلر.

الشمس تدخل عبر الستائر.

إنها السابعة صباحًا والمكالمة مكالمة إيقاظ. وحين أرفع السماعة لا أجد صوتًا.

تتحرك الأمور بسرعة إلى الأمام. أعود إلى مارلا و«شركة صابون بيبر ستريت».

ما زال كل شيء يتهاوى.

في البيت أشعر بخوف يمنعني من تفقد فريزر الثلاجة. تخيل دستة من أكياس الشطائر البلاستيكية عليها بطاقات مدن مثل لاس فيجاس وشيكاغو وميلووكي حيث كان على تايلر أن يطلق تهديداته لحماية فروع نادي القتال. في كل كيس هناك زوج من مواد الطعام المجمدة.

في ركن من المطبخ يجلس قرد فضاء على مشمع الأرضية المتشقق ويتفحص وجهه في المرآة.

«أنا قذارة هذا العالم التي ترقص والتي تغني!»، هكذا يقول للمرآة. «أنا الفضلات السامة المتبقية من عملية خلق العالم».

يتحرك باقي قردة الفضاء في الحديقة، يلتقطون أشياء ويقتلون أشياء.

بيد واحدة على باب الفريزر آخذ شهيقًا عميقًا وأحاول أن أركز حقيقتي الروحية المستنيرة.

قطرات المطر على الزهور
حيوانات «ديزني» السعيدة
هذا يجعلني أتألم

تنحني مارلا فوق كتفي وتقول: «ماذا أعددت للعشاء؟».
يجلس قرد الفضاء القرفصاء وينظر إلى المرآة: «أنا القذارة وفضلات الكون الملوثة».
أستدير بالكامل.
منذ شهر كنت أخشى أن أترك مارلا تلقي نظرة على محتوى الفريزر. الآن أخشى أنا نفسي أن أنظر إلى داخل الثلاجة.
رباه! تايلر.
مارلا تحبني. مارلا لا تعرف الفارق.
تقول مارلا: «أنا سعيدة لعودتك. ثمة ما يجب أن نناقشه».
آه أجل. يجب أن نتكلم.
لا أستطيع أن أرغم نفسي على النظر داخل الفريزر.
أنا جبن جو.
أقول لمارلا ألا تلمس شيئًا في هذا الفريزر. لا تفتحيه. لو وجدت شيئًا بداخله لا تأكليه أو تطعميه للقط أو أي شيء. قرد الفضاء الذي

يحمل المرآة يرمقنا، لهذا أقول لمارلا إن علينا أن نرحل. يجب أن نكمل هذا الحوار في موضع آخر.

في القبو يقف قرد فضاء يقرأ لباقي القردة:

«ثلاث الطرق لصنع النابالم: واحد، يمكن مزج مقادير متساوية من الجازولين وعصير البرتقال المركز». يقرأ قرد الفضاء في القبو: «اثنان، يمكن مزج كميات متساوية من الجازولين والدايت كولا. ثلاثة، يمكن أن تذيب براز القط في الجازولين حتى يصير الخليط ثخينًا».

نعبر أنا ومارلا من مصنع صابون «بيبر ستريت» إلى مائدة جوار النافذة في كوكب «ديني». الكوكب البرتقالي.

كان تايلر يتكلم عن هذا، وكيف أنه ما دامت إنجلترا قد قامت بكل الاستكشافات وبنت المستعمرات ورسمت الخرائط، فإن أكثر الأماكن الجغرافية لها هذا الطراز من الأسماء المستهلكة. كان على الإنجليز أن يسموا كل شيء. أو كل شيء تقريبًا.

مثل أيرلندا.

نيو لندن (أستراليا).

نيو لندن (الهند).

نيو لندن (إيداهو).

نيويورك (نيويورك).

انتقال سريع إلى المستقبل.

تجد أنه بهذه الطريقة حين تبدأ حملات استكشاف أعماق الفضاء، فلسوف تكون الشركات العملاقة هي التي تكتشف الكواكب الجديدة وترسم خرائطها.

كرة «آي بي إم» النجمية.

مجرة «فيليب موريس».

كوكب «ديني».

سوف يأخذ كل كوكب هوية الشركة التي تغتصبه أولًا.

عالم «بدوايزر».

الساقي الذي يخدمنا لديه بيضة إوزة على جبينه ويقف في صرامة، وقد تلاصق كعباه. يقول الساقي: «سيدي! هل ترغبان في طلب شيء الآن؟». يقول لنا: «سيدي، كل ما تطلبه مجاني يا سيدي!».

تكاد تتخيل أنك تشم رائحة البول في كل طبق حساء.

اثنان قهوة من فضلك.

تسأل مارلا: «لماذا يقدم لنا طعامًا مجانيًّا؟».

السبب أن الساقي يعتقد أنني تايلر دردن.

في هذه الحالة تطلب مارلا أصدافًا مقلية مع حساء السمك والبصل، ودجاجًا مقليًّا وبطاطس مشوية وكعكة بالشوكولاتة المخفوقة.

ومن الممر المفضي المؤدي إلى المطبخ، يقف ثلاثة طهاة أحدهم له خياطة على شفته العليا، يراقبونني ومارلا ويتهامسون وقد تلاصقت رؤوسهم المكدومة معًا. أُخبر الساقي أن أحضر لنا طعامًا نظيفًا من فضلك. من فضلك لا تفعل أي حماقة بالطعام الذي نطلبه.

يقول الساقي: «في هذه الحالة يا سيدي، هل لي أن أنصح السيدة هنا بألا تأكل حساء السمك والبصل؟».

شكرًا لك. لا حساء سمك. مارلا تنظر إليَّ فأقول لها ثقي بي.

يستدير الساقي ويبلغ طلبنا للمطبخ.

ومن نافذة المطبخ يرفع الطهاة الثلاثة إبهامهم إلى أعلى.

تقول مارلا: «إن لك وضعًا متميزًا كتايلر دردن».

أقول لمارلا إن عليها من الآن فصاعدًا أن تخرج معي في كل مكان ليلًا، وأن تدون في كل مكان ذهبت إليه من أقابله. هل أقوم بإحصاء شخص مهم؟ هذا النوع من التفاصيل.

أخرج حافظتي وأري مارلا رخصة قيادتي التي تحمل اسمي الحقيقي.

لا تايلر دردن.

تقول مارلا: «لكن الجميع يعرف أنك تايلر دردن».

الجميع ما عداي.

لا أحد في العمل يناديني تايلر دردن. رئيسي يناديني باسمي الحقيقي.

أبواي يعرفان من أنا حقًّا.

تسأل مارلا: «إذن لماذا أنت تايلر دردن بالنسبة إلى بعض الناس ولست كذلك بالنسبة إلى الجميع؟».

حينما قابلت تايلر للمرة الأولى كنت نائمًا.

كنت متعبًا مخبولًا مندفعًا، وكلما ركبت طائرة تمنيت أن تتحطم.

كنت أحسد الناس الذين يموتون بالسرطان. كنت أكره حياتي. كنت متعبًا وقد كرهت عملي وأثاثي ولم أرَ سبيلًا لتغيير أي شيء.

فقط يمكنني أن أنهيها.

كنت أشعر بأنني في مصيدة.

كنت مكتملًا أكثر من اللازم.

كنت تامًّا أكثر من اللازم.

أردت مغادرة حياتي الهشة. سئمت قطع الزبد التي تكفي لشخص واحد ومقاعد الطائرة المجعدة.

الأثاث السويدي.

الفن المتقن.

أخذت إجازة ونمت على الشاطئ، وحين صحوت كان تايلر دردن هناك عاريًا يغمره العرق، خشنًا من الرمال. وشعره مجعد مبتل يتدلى فوق وجهه.

كان يلتقط الخشب الذي يلقيه المد إلى الشاطئ.

وما صنعه كان ظل يد عملاقة، وكان تايلر يجلس في مركز هذا الإتقان الذي قام به.

وما كان لك أن تتوقع من الاكتمال إلا لحظة.

ربما لم أصحُ قطُّ على هذا الشاطئ.

ربما بدأ كل هذا حين تبولت فوق حجر «بلارني».

حينما أنام لا أنام فعلًا.

أنظر إلى المناضد الأخرى في كوكب «ديني». أعد... واحد، اثنان، ثلاثة، أربعة، خمسة أشخاص لهم عظام وجنتين مسودة أو أنوف مهشمة ينظرون إليَّ.

تقول مارلا: «لا، أنت لا تنام».

تايلر دردن شخصية منفصلة خلقتها أنا، والآن يهدد بأن يأخذ حياتي الحقيقية.

تقول مارلا: «مثل أم أنتوني بيركينز في فيلم «سايكو». هذا مثير فعلًا. كل شخص له انحرافاته النفسية. ذات مرة كنت على علاقة بشخص لا يكف عن ثقب جسده لتثبيت الحلي».

أقول أنا إن وجهة نظري هي أنني أنام فينهض تايلر بجسدي ووجهي الممتلئ بالكدمات كي يرتكب جريمة ما. في الصباح التالي أنهض منهكًا مهشم العظام متأكدًا من أنني لم أنم قطُّ.

في الليلة التالية أدخل الفراش في ساعة مبكرة أكثر فأكثر.

هكذا يتولى تايلر الأمر فترة أطول فأطول.

تقول مارلا: «لكنك أنت تايلر».

لا.

لا، لست هو.

أحب كل ما يتعلق بتايلر دردن وشجاعته وذكائه. أعصابه. تايلر مرح وجذاب ومستقل، والرجال ينظرون إليه متوقعين أن يغير عالمهم. تايلر قادر وحر بينما أنا لا.

أنا لست تايلر دردن.

تقول مارلا: «لكنك أنت تايلر».

تايلر وأنا نتقاسم الجسد ذاته وحتى هذه اللحظة لم أعرف هذا.

حينما كان تايلر يضاجع مارلا كنت نائمًا. كان تايلر يتكلم ويمشي بينما كنت أعتقد أنني نائم.

كل من في نادي القتال و«مشروع الأضرار» يعرفني باسم تايلر دردن.

في كل مرة دخلت فيها الفراش مبكرًا وصحوت متأخرًا، كان سبب هذا أننا كنا معًا.

تقول مارلا: «مثل الحيوانات في مأوى الحيوانات الضالة».
وادي الكلاب. حيث إذا لم يقتلوك وأحبك أحدهم إلى درجة أن
يأخذك إلى داره، فإنهم يخصونك برغم هذا.
لن أصحو أبدًا وسوف يتولى تايلر أمري للأبد.
يجلب لنا الساقي القهوة ويقرع كعبيه ويرحل.
أشم قهوتي. رائحتها قهوة.
تقول مارلا: «إذن، حتى لو صدقت هذا كله، فماذا تريد مني؟».
إذن تايلر لا يستطيع السيطرة الكاملة وأنا بحاجة إلى مارلا كي
تبقيني متيقظًا. طيلة الوقت.
دائرة كاملة.
ليلة أنقذ تايلر حياتها سألته مارلا أن يبقيها متيقظة طيلة الليل.
في الثانية التي أنام فيها يتولى تايلر الأمر، ويحدث شيء مروع.
فإذا نمت كان على مارلا أن تعرف مسار تايلر. إلى أين يذهب.
ماذا يفعل. هكذا يمكنني في النهار أن أسرع بتصليح الأضرار التي
حدثت.

٢٤

اسمه روبرت بولسون، وهو في الثامنة والأربعين. اسمه روبرت بولسون وسوف يظل روبرت بولسون في الثامنة والأربعين للأبد. على المدى الزمني البعيد سيهبط معدل حياة الإنسان إلى صفر. بوب الضخم.

خبز الجبن الضخم. الوعل الكبير كان عليه واجب منزلي هو «جمِّد واثقب». هكذا دخل تايلر إلى شقتي لينسفها بالديناميت المصنوع يدويًّا. خذ علبة من الفريون R-12 لو كان بوسعك أن تجده، خاصة بعد موضوع الأوزون، أو فريون R-134a ورشه على أسطوانة القفل حتى يتجمد.

في عمليات «جمد واثقب» ترش السبراي على هاتف عمومي بالعملة أو عداد انتظار أو صندوق صحف. ثم تستعمل المطرقة والإزميل كي تهشم الأسطوانة المتجمدة.

في عمليات «جمد واثقب» تثقب الهاتف أو آلة الصرافة ثم تثبت أنبوبًا في الثقب وتحقن خلاله الشحم أو بودنج الفانيليا أو لاصق البلاستيك.

ليس الهدف أن «مشروع الأضرار» يريد سرقة بعض الفكة. إن «شركة صابون بيبر ستريت» لديها الكثير من الطلبات المتراكمة. ليساعدنا الله حين يأتي موسم الإجازات. الغرض من هذا الواجب المنزلي تقوية أعصابك. تحتاج إلى بعض التحايل.

بدلًا من إزميل الثلج ربما استطعت استعمال مثقاب كهربي. هذا يؤدي العمل أفضل كما أنه يحدث ضوضاء أقل.

كان ما يمسك به بوب مثقابًا كهربيًّا بلا سلك، حين ظن رجال الشرطة أنه مسدس وقتلوا بوب.

لم يكن هناك ما يربط بوب بـ«مشروع الأضرار» أو نادي القتال أو الصابون.

في جيبه كانت صورة لنفسه عاريًا ضخمًا في إحدى مباريات كمال الأجسام. لقد قال بوب إنها طريقة سخيفة للحياة. تعميك أضواء المنصة ويصيبك بالصمم نظام الصوت حتى يأمرك القاضي: افرد عضلتك الرباعية اليمنى، اثنِ واثبت.

ضع يديك حيث أراهما.

افرد يسراك، اثنِ ذات الرأسين واثبت.

ألقِ بالمسدس.

هذا كان أفضل من الحياة الواقعية.

على يده كانت ندبة في موضع قبلتي. في موضع قبلة تايلر. كان شعر بوب الضخم حليقًا وبصماته محروقة بالصودا الكاوية. من الأفضل له أن يتأذى من أن يعتقل، لأنهم لو اعتقلوك فقد طردت من «مشروع الأضرار»، ولن تطلب منك واجبات منزلية أخرى.

في لحظة كان بوب هو المركز الدافئ للحياة الصاخبة حوله، وفي اللحظة التالية روبرت بولسون صار شيئًا. بعد إطلاق الرصاص عليه جاءت معجزة الموت المذهلة.

الليلة في كل نادي قتال سوف يمشي القائد في الظلام حول زحام الناس الذين سيحدقون إلى بعضهم، عبر المركز الخالي في كل قبو نادي قتال، ولسوف يصرخ قائلًا:

«اسمه روبرت بولسون».

فيصرخ الجمع: «اسمه روبرت بولسون».

يصرخ القائد: «عمره ثمانية وأربعون عامًا».

فيصرخ الجمع: «عمره ثمانية وأربعون عامًا».

عمره ثمانية وأربعون عامًا وكان جزءًا من نادي القتال.

عمره ثمانية وأربعون عامًا وكان جزءًا من «مشروع الأضرار».

فقط في الموت نحظى بأسمائنا الحقيقية لأننا في الموت لا نصير جزءًا من المهمة. في الموت نصير أبطالًا.

وتصيح الجموع: «روبرت بولسون».

وتصيح الجموع: «روبرت بولسون».

وتصيح الجموع: «روبرت بولسون».

أذهب الليلة إلى نادي القتال كي أغلقه. أقف في الضوء الوحيد في مركز القاعة فيهلل النادي. بالنسبة إلى الجميع هنا أنا تايلر دردن. ذكي، قوي، شجاع. أطبق يدي طلبًا للصمت ثم أقترح: لِمَ لا ننهي الليلة عند هذا الحد؟ عودوا إلى بيوتكم الليلة وانسوا نادي القتال. أعتقد أن نادي القتال أدى الغرض منه. ألا ترون هذا؟

لقد أُلغي «مشروع الأضرار».

سمعت أن في التلفزيون مباراة كرة قدم مثيرة.

يكتفي مائة رجل بالنظر إليَّ.

أقول ثمة رجل قد مات. هذه اللعبة انتهت ولم تعد مسلية.

هنا من مكان ما خارج الجمع أسمع رئيس المجموعة الذي لا أعرفه يقول: «القاعدة الأولى لنادي القتال هي لا تتكلم عن نادي القتال».

أصرخ: عودوا إلى بيوتكم!

«القاعدة الثانية لنادي القتال هي لا تتكلم عن نادي القتال».

لقد أُلغي نادي القتال. لقد أُلغي «مشروع الأضرار».

«القاعدة الثالثة هي رجلان فقط في المشاجرة».

أصرخ: أنا تايلر دردن. آمركم بالخروج من هنا!

لكن لا أحد ينظر إليَّ. فقط يتبادل الرجال النظرات عبر مركز الحجرة.

يتحرك صوت قائد المجموعة ببطء حول الغرفة. رجلان للمشاجرة. لا قمصان. لا أحذية.

يستمر القتال ما دام يجب أن يستمر.

تخيل أن هذا يحدث في مائة مدينة، وبنصف دستة من اللغات.

تنتهي القواعد وأنا ما زلت أقف في مركز الغرفة.

يصرخ الصوت من الظلام: «القتال المسجل رقم ١. تقدما. أخلوا مركز النادي».

لا أتحرك.

«أخلوا مركز النادي».

لا أتحرك.

الضوء الوحيد في الظلام ينعكس في مائة زوج من الأعين، كلها تتركز عليَّ وتنتظر. أحاول أن أرى كل رجل كما كان تايلر سيراه. أختار أفضل المقاتلين للتدريب في «مشروع الأضرار». من سيدعوه تايلر للعمل في «شركة صابون بيبر ستريت»؟

«أخلوا مركز النادي!»، هذا إجراء قتالي معتاد. بعد ثلاثة طلبات من الرئيس سوف أطرد من النادي.

لكنني تايلر دردن. أنا اخترعت نادي القتال. نادي القتال ملكي. أنا كتبت هذه القواعد، ولو لم أكن أنا لما كان أحدكم هنا. وأنا آمركم بإيقافه هنا!

«استعدوا لطرد العضو خلال... ثلاثة، اثنان، واحد».

تتقلص دائرة الرجال لتتزاحم فوقي، وتمسك مائتا ذراع بكل بوصة من ذراعي وساقي، وسرعان ما أُرفع كنسر يفرد جناحيه نحو الضوء.

استعد لإفراغ روحك خلال... خمسة، أربعة، ثلاثة، اثنان، واحد. وأنتقل فوق الرؤوس من يد إلى يد سابحًا نحو الباب. أنا أطفو، أنا أطير.

أنا أصرخ: نادي القتال ملكي. «مشروع الأضرار» كان فكرتي. لا يمكنكم طردي. أنا المتحكم هنا. عودوا إلى بيوتكم.

يدوي صوت رئيس المجموعة: «القتال المسجل رقم ١. تقدما إلى مركز النادي من فضلكما. الآن».

لن أرحل. لن أستسلم. أستطيع التغلب على هذا. أنا المسيطر هنا.
«اطردوا عضو نادي القتال الآن!».
أفرغ روحك الآن.
وأطير ببطء نحو الباب وإلى الليل ذي النجوم فوق رأسي والهواء البارد. وأستقر فوق أسفلت ساحة الانتظار. تتراجع الأيدي ويغلق الباب خلفي. في مائة من المدن يدور القتال من دوني.

لي أعوام أريد أن أنام. أريد ذلك النوع من الانزلاق. الاستسلام. ذلك الجزء من النوم الشبيه بالسقوط. الآن صار النوم آخر ما أريد. أنا مع مارلا في الغرفة 8G في فندق «ريجنت». بينما كل المسنين ومدمني المخدرات يغلقون عليهم حجراتهم الصغيرة، يبدو لي بشكل ما أن قنوطي أمر طبيعي متوقع.

تقول مارلا وهي تجلس القرفصاء على فراشها، وهي تمسك بنصف دستة من أقراص الإيقاظ أخرجتها من شريطها: «كنت على علاقة بشاب كان يعاني كوابيس مروعة. كان يكره النوم هو الآخر».

ماذا حدث للفتى الذي كانت على علاقة به؟

«أوه! لقد مات. نوبة قلبية. زيادة في جرعة الأمفيتامين». تقول مارلا: «كان في التاسعة عشرة فحسب».

شكرًا لمشاركتي المعلومة.

عندما دخلنا الفندق، كان الفتى الجالس إلى منصة الاستقبال له شعر مزق نصفه إلى الجذور. فروة رأسه عارية ممتلئة بالقشور، وقد

حياني. التفت كل المسنين الجالسين أمام التلفزيون ليروا من هذا الذي يناديه الفتى بـ«سيدي».

«مساء الخير يا سيدي».

الآن أتخيله يتصل بقيادات «مشروع الأضرار» ليبلغهم بمكاني. كلهم لديهم خرائط للمدينة ولسوف يغرسون دبابيس ضغط في النقاط التي أوجد فيها. أشعر بأنني موسوم كإوزة مهاجرة في برنامج «المملكة البرية».

كلهم يتجسسون عليَّ.

تقول مارلا: «يمكنك أن تأخذ ستة من هذه الأقراص ولا تشعر بغثيان في معدتك. لكن عليك أن تأخذها عن طريق الشرج».

آه. هذا ممتع.

تقول مارلا: «أنا لا أخترع هذا. ربما نأتيك بشيء أقوى فيما بعد. بعض العقارات الحقيقية مثل «كروس تويس» أو «الجمال الأسود» أو «التماسيح»».

أنا لن أضع هذه الأقراص في شرجي.

«إذن خذ اثنين فقط».

ثم إلى أين نذهب؟

«إلى صالة البولينج. إنها مفتوحة طيلة الليل، ولن يتركوك تنام هناك».

أقول إن الناس في كل مكان نذهب إليه يحسبونني تايلر دردن.

«ألهذا تركنا سائق الحافلة نركب مجانًا؟».

نعم. ولهذا تخلى الرجلان في الحافلة عن مقعديهما.

«إذن ما وجهة نظرك؟».

لا أحسب أن الاختباء كافٍ. يجب أن نتخلص من تايلر بطريقة ما.

تقول مارلا: «ذات مرة كنت على علاقة بشاب كان يحب ارتداء ثيابي. أنت تعرف. الفساتين، القبعات ذات الحجاب. يمكن أن ألبسك مثلي وأتسلل بك».

أنا لست مصابًا بشذوذ ارتداء ثياب النساء، ولن أضع هذه الأقراص في شرجي.

تقول مارلا: «الأمور تسوء. ذات مرة كنت على علاقة بشاب أراد أن أمثل مشهدًا سحاقيًّا مع دميته الجنسية التي تنفخ بالهواء».

تخيلت نفسي قصة من قصص مارلا.

ذات مرة كنت على علاقة بشاب يعاني فصام شخصية.

«ذات مرة كنت على علاقة بشاب يستعمل أجهزة تضخيم العضو الذكري تلك».

أسألها كم الساعة الآن.

«الرابعة صباحًا».

خلال ثلاث ساعات أخرى يجب أن أكون في العمل.

تقول مارلا: «خذ أقراصك. بما أنك تايلر دردن فعلى الأرجح سيتركوننا نلعب البولينج مجانًا. هيه. قبل أن نتخلص من تايلر هل بوسعنا التسوق؟ ربما حصلنا على سيارة جميلة، بعض الثياب، بعض الأقراص المدمجة».

مارلا.

«حسنٌ، انسَ الموضوع».

٢٦

تلك المقولة القديمة التي تحكي كيف أنك تقتل دومًا الشيء الذي تحب، صحيحة بالطريقة وعكسها.

بالفعل صحيحة بالطريقة وعكسها.

هذا الصباح ذهبت للعمل وكانت حواجز الشرطة ما بين البناية وساحة الانتظار، وكان رجال الشرطة يقفون على الباب الأمامي.

لم أحاول مجرد الخروج من الحافلة.

أنا عرق جو البارد.

من الحافلة أرى النوافذ التي ترتفع من الأرضية إلى السقف في الطابق الثالث من بناية عملي، وقد انفجرت وبالداخل رجل إطفاء في معطف واقٍ أصفر متسخ يفك لوحًا محترقًا يتدلى من السقف.

منضدة متفحمة تخرج من النافذة، يدفعها رجلا إطفاء، فتهوي من ثلاثة الطوابق إلى الإفريز، ثم ترتطم بالأرض محدثة أثرًا نفسيًّا أكثر من الصوت.

تنفتح والدخان يتصاعد منها.

أنا فم معدة جو.

هذا مكتبي.

أعرف أن رئيسي قد مات.

ثلاث طرق لعمال النابالم. عرفت أن تايلر سيقتل رئيسي. وحين شممت رائحة الجازولين على يدي لحظة قلت إنني أرغب في ترك عملي، عرفت أنني أعطيته الإذن. تفضَّل.

تكرم بقتل رئيسي.

أعرف أن جهاز كمبيوتر انفجر.

أعرف هذا لأن تايلر يعرف هذا.

لا أريد أن أعرف هذا لكنك تستعمل مثقاب الصائغ لتصنع فجوة في قمة شاشة الكمبيوتر. كل قردة الفضاء يعرفون هذا. لقد طبعت ملاحظات تايلر. هذا طراز آخر من قنبلة المصباح الضوئي. حين تحدث ثقبًا في المصباح ثم تملأه بالجازولين. سد الفجوة بالسيليكون أو الشمع ثم أعد المصباح إلى الدواية وانتظر حتى يأتي شخص إلى الغرفة ويضيء النور.

أنبوب شاشة الكمبيوتر يمكنه أن يحوي كمية جازولين أكثر من المصباح.

أنبوب أشعة الكاثود. تحتاج إلى إزالة البلاستيك حول الأنبوب وهذا سهل، أو تستعمل ألواح التهوية في أعلى العلبة.

أولًا تنزع قابس الشاشة.

هذا أيضًا ينجح مع التلفزيون.

فقط تذكر أنه لو تصاعدت شرارة ـ مجرد كهرباء استاتيكية من السجادة ـ فأنت ميت. ستحترق حيًّا وأنت تصرخ.

أنبوب الكاثود يمكن أن يحتوي على ٣٠٠ فولت من الكهرباء الإيجابية لذا تستعمل مفكًّا كبيرًا عبر مكثف الكهرباء. إذا مت هنا فذلك لأنك لم تستعمل مفكًّا معزولًا.

هناك تفريغ داخل الكاثود لذا ما إن تصنع ثقبًا حتى يمتص الأنبوب الهواء بصوت صفير.

ابدأ في توسيع الثقب أكثر فأكثر حتى تستطيع إدخال قمع عبره. ثم املأ الأنبوب بما اخترته من سائل متفجر. النابالم المنزلي جيد.

ومن المتفجرات الجيدة برمنجنات البوتاسيوم مخلوطة بالسكر الناعم. الفكرة هي خلط مادة تحترق بسرعة مع مادة تمنح هذا الحريق الأكسجين الكافي. لو احترق بسرعة ينجم انفجار.

بروكسيد الباريوم وغبار الزنك.

نترات الأمونيوم ونشارة الألومنيوم.

إنه كتاب طبخ الفوضويين الجديد.

نترات الباريوم في صلصة من الكبريت يتم تجميلها بالفحم. هذا هو بارودك الأولي.

وبالهناءة والشفاء.

احشُ شاشة الكمبيوتر بهذا، وحين يشغلها البعض فمعنى هذا أن تنفجر ستة أرطال من البارود في وجوههم.

المشكلة هنا أنني كنت أميل نوعًا ما إلى رئيسي.

لو كنت ذكرًا وتعيش في أمريكا، وكان أبوك هو نموذجك للإله، فلربما وجدت أباك في مهنتك.

لكن تايلر لم يحب رئيسي.

سوف تبحث الشرطة عني. كنت آخر شخص في البناية ليلة الجمعة. صحوت من النوم لأجد أنفاسي متكاثفة على المكتب، وتايلر على الهاتف، يقول لي: «اخرج، هناك سيارة تخصنا». «إنها «كاديلاك»».

كان الجازولين على يدي.

سألني ميكانيكي نادي القتال عما أتمنى لو كنت فعلته قبل أن أموت.

أردت أن أهجر وظيفتي. كنت بهذا أعطي الإذن لتايلر. كن ضيفي وتفضل بقتل رئيسي.

من مكتبي الذي انفجر، أركب الحافلة حتى نقطة العودة المرسومة بالحصى في نهاية الخط. هنا تتلاشى الطرق في الساحات الخالية والحقول المحروثة. يتناول السائق حقيبة غداء وترموسًا وينظر إليَّ في المرآة فوق رأسه.

أحاول التفكير في مكان أذهب إليه حيث لا يبحث عني رجال الشرطة. أرى نحو عشرين شخصًا يجلسون بيني وبين السائق. أعد مؤخرة عشرين رأسًا.

عشرون رأسًا حليقًا.

يلتفت السائق نحوي حيث جلست في المقعد الخلفي ويقول: «مستر دردن، أنا فعلًا أحترم ما تقوم به».

لم أره من قبل.

«لذا أرجو أن تسامحني على هذا». يقول السائق: «اللجنة تقول إن هذه فكرتك».

وتستدير الرؤوس الحليقة واحدًا تلو الآخر. ثم يقفون واحدًا تلو الآخر. أقربهم لي يحمل سكين صيد. هذا الذي يحمل السكين هو ميكانيكي نادي القتال.

يقول السائق: «أنت رجل شجاع حتى تأخذ نصيبك من الواجبات المنزلية».

يقول الميكانيكي للسائق: «اخرس! يجب ألا تقول شيئًا».

أنت تعرف أن أحد قردة الفضاء معه ربطة مطاطية ليلفها حول خصيتيك. إنهم يملأون مقدمة الحافلة.

يقول الميكانيكي: «أنت تعرف القانون يا مستر دردن. أنت قلتها بنفسك. لو حاول أحدهم أن يغلق النادي حتى أنت فعلينا أن نظفر بخصيتيه».

منسلان.

بيضتان.

جوهرتان.

تخيل أفضل جزء منك مجمدًا في كيس ساندوتش بلاستيكي في «شركة صابون بيبر ستريت».

يقول الميكانيكي: «تعرف أنه لا جدوى من مقاومتنا». يراقبنا سائق الحافلة في المرآة وهو يمضغ شطيرته.

تعوي سرينة شرطة وهي تقترب. جرار زراعي يقعقع في الحقل عن بعد. طيور. نافذة في مؤخرة الحافلة نصف مفتوحة. سحب. أعشاب تنمو فوق نقطة العودة المرسومة بالحصى. ذباب أو نحل يطن حول الأعشاب.

يقول ميكانيكي نادي القتال: «نريد شيئًا ثانويًّا صغيرًا. هذه المرة ليس مجرد تهديد يا مستر دردن. هذه المرة سوف نقطعها فعلًا».

يقول سائق الحافلة: «إنهم رجال الشرطة».

تقترب السرينة من مكان ما عند مقدمة الحافلة.

إذن بمَ أدافع عن نفسي؟

تتوقف سيارة شرطة أمام الحافلة، وأضواؤها تتألق حمراء وزرقاء عبر زجاج النافذة، وشخص ما خارج الحافلة يصيح: «توقف هناك!».

لقد نجوت.

نوعًا ما.

يمكن أن أحكي لرجال الشرطة عن تايلر. سأخبرهم كل شيء عن نادي القتال ولربما أسجن. بعدها سيكون «مشروع الأضرار» مشكلتهم التي عليهم حلها، ولن يكون عليَّ التحديق إلى هذه السكين.

يصعد رجال الشرطة إلى الحافلة ويسأل الشرطي الأول: «ألم تقطعهما بعد؟».

يقول الشرطي الثاني: «افعل هذا بسرعة، ثمة أمر صدر باعتقاله». ثم ينزع قبعته ويقول لي: «لا يوجد شيء شخصي يا مستر دردن. إن لقاءك يسرني».

أقول إنكم جميعًا ترتكبون خطأً جسيمًا.

يقول الميكانيكي: «أنت أخبرتنا أنك على الأرجح ستقول هذا».

أنا لست تايلر دردن.

«قلت لنا إنك ستقول هذا أيضًا».

أنا أغير القواعد. يمكنكم أن تحظوا بنادي قتال لكنكم لن تستأصلوا خصية أي إنسان ثانية.

يقول الميكانيكي: «أجل، أجل». لقد اجتاز نصف الممشى والسكين في يده. «قلت إنك بالتأكيد ستقول هذا».

لكن أنا تايلر دردن. أنا هو. لكن أنا تايلر دردن. وأنا أملي القواعد وأقول لك ارمِ هذه السكين.

ينادي الميكانيكي من فوق كتفه: «ما أفضل رقم قياسي حققناه في عملية «اقطع واجرِ»؟». يصيح أحدهم: «أربع دقائق».

يصيح الميكانيكي: «هل يحسب أحدكم وقت هذه؟».

لقد صعد الشرطيان إلى مقدمة الحافلة الآن، وأحدهما يمسك بساعته ويقول: «ثانية واحدة! انتظر حتى يبلغ العقرب الثاني رقم اثني عشر».

يقول الشرطي: «تسع».

«ثمانٍ».

«سبع».

أحشر جسدي عبر النافذة المفتوحة.

تضرب معدتي الحاجز المعدني الرفيع للنافذة، ومن ورائي يصيح ميكانيكي نادي القتال: «مستر دردن. أنت ستفسد التوقيت تمامًا».

ونصفي خارج النافذة أنشب أظفاري في الإفريز المطاطي الأسود الذي يحمي العجلة الخلفية. هناك من يمسك بساقي ويشد. أصرخ في الجرار الذي أراه عن بعد: «هييه!». وجهي أحمر ممتلئ بالدم وأنا أتعلق مقلوبًا لأسفل. أرتفع لأعلى لأن الأيادي حول كاحلي

تجذبني ثانية. ربطة عنقي تطير أمام وجهي. تتعلق بكلة حزامي بحاجز النافذة. النحل والذباب والعشب على بعد بوصات من وجهي، وأنا أصرخ: «هييه!».

أيدٍ تتعلق بمؤخرة سروالي، تجذبني وتهز سروالي وحزامي فوق أردافي.

أحدهم داخل الحافلة يصرخ: «دقيقة واحدة!».

ينزلق حذائي عن قدمي.

تضم الأيدي ساقي معًا. حاجز النافذة الذي سخنته الشمس يخترق معدتي. يتدلى قميصي الأبيض حول يدي وكتفي. وما زلت أصرخ: «هييه!».

رجلاي مفرودتان مستقيمتان خلفي. سروالي انزلق عن رجلي واختفى. الشمس تلتمع دافئة على مؤخرتي.

الدم يسيل على وجهي وعيناي تنفجران من الضغط. كل ما أراه القميص الأبيض حول وجهي. الجرار يقعقع في مكان ما. النحل يطن. وكل إنسان يبعد مليون ميل عني. وعلى بعد مليون ميل خلفي يصرخ أحدهم: «دقيقتان!».

وتنزلق يد بين رجلي وتفتش.

ويقول أحدهم: «لا تؤلموه!».

الأيدي الممسكة بكاحلي تبعد ملايين الأميال. أتصورها في نهاية طريق طويل طويل. تأمل موجه.

لا تتخيل حاجز النافذة سكينًا ساخنة تشق معدتك.

لا تتخيل فريقًا من الرجال يباعدون بين فخذيك.

على بعد مليون ميل. على بعد بزيليون ميل. يد خشنة دافئة تلتف حولك وتجذبك للداخل، وأحدهم يمسكك بقوة أكثر فأكثر.

ربطة مطاطية.

أنت في أيرلندا.

أنت في نادي القتال.

أنت في العمل.

أنت في أي مكان لكن ليس هنا.

«ثلاث دقائق!».

أحدهم يصرخ بعيدًا بعيدًا: «أنت تعرف الأمر يا مستر دردن. لا تعبث مع نادي القتال».

يد دافئة توضع تحتك كأنها قدح.

طرف السكين البارد.

يد تلتف حول صدرك.

اتصال جسدي علاجي.

وقت الأحضان.

والأثير يوضع على أنفك وفمك. ثم لا شيء، لا شيء. نسيان.

٢٧

شقتي التي دمرها الانفجار سوداء بلون الفضاء الخارجي، مدمرة قابعة في الليل فوق أضواء المدينة الخافتة. أما وقد ذهبت النوافذ، فقد تدلى شريط الشرطة الأصفر الذي يحيطون به مسرح الجريمة، يتلوى من حافة الهاوية في الطابق الخامس عشر.

أصحو من نومي على الأرضية الخرسانية. كانت هذه أرضية من الخشب فيما مضى، وكانت هناك لوحات على الجدران قبل الانفجار. كان هناك أثاث سويدي. كل هذا قبل تايلر.

أنا مرتدٍ ثيابي الكاملة. أضع يدي في جيبي وأتحسس.

لا توجد أعضاء ناقصة. خائف لكني سليم الجسد.

اتجه إلى الحافة التي تطل من فوق خمسة عشر طابقًا على ساحة الانتظار. تأمل أضواء المدينة والنجوم. عندها تضيع.

كل هذا صار خلفنا.

هاهنا ــ في أميال الليل التي تفصل بين الأرض والنجوم ــ أشعر كأنني واحد من حيوانات الفضاء تلك.

كلاب.

قردة.

بشر.

قم بعملك الصغير فقط. اضغط زرًّا. اجذب رافعة. لا تفهم حقًّا أيًّا مما تقوم به.

العالم قد فقد صوابه. رئيسي مات، بيتي تلاشى، وظيفتي ضاعت. وأنا مسؤول عن هذا كله.

لم يبقَ شيء.

سحبت أكثر من رصيدي في المصرف.

اخطُ على الحافة.

شريط الشرطة يتأرجح ما بيني وما بين النسيان.

اخطُ على الحافة.

ماذا عساه يكون هناك أيضًا؟

هناك مارلا.

اقفز عن الحافة.

هناك مارلا وهي في قلب كل شيء لكنها لا تعرف هذا.

إنها تحبك.

إنها تحب تايلر.

وهي لا تعرف الفارق.

يجب أن يخبرها أحدهم. اخرج، اخرج.

انقذ نفسك.

تركب المصعد إلى المدخل، والبواب الذي لم يحبك قَطُّ يبتسم لك الآن وقد فقد ثلاث أسنان من فمه، ويقول: «صباح الخير يا مستر

دردن، هل أجلب لك سيارة أجرة؟ هل أنت بخير؟ هل تريد استعمال الهاتف؟».

تتصل بمارلا في فندق «ريجنت».

الموظف هناك يقول: «حالًا يا مستر دردن».

ثم تأتي مارلا للهاتف.

البواب يصغي من فوق كتفك. الموظف في فندق «ريجنت» يصغي أيضًا على الأرجح.

تقول: مارلا يجب أن نتكلم.

تقول مارلا: «اذهب إلى الجحيم».

تقول إنها ربما تكون في خطر. إنها تستحق أن تعرف ما يجري هنالك. يجب أن تقابلك. يجب أن تتكلما.

«أين؟».

فلتذهبي إلى أول مكان التقينا فيه. فلتتذكري. فلترجعي بالذاكرة. كرة الضوء الشافية البيضاء. القصر ذو الأبواب السبعة.

تقول: «فهمت. سأكون هناك بعد عشرين دقيقة».

كوني هناك.

وتضع السماعة فيقول البواب: «يمكن أن أجلب لك سيارة الأجرة يا مستر دردن. مجانًا لأي مكان تريد».

فتية نادي القتال يقتفون أثرك. تقول: لا. الجو جميل الليلة وأحسبني سأمشي.

إنها ليلة السبت. ليلة مجموعة سرطان القولون في قبو «فيرست ميثودست». ومارلا بانتظارك هنالك حين تصل.

مارلا سينجر تقلب عينيها. مارلا سينجر بعين يحيطها السواد. تجلسان على البساط الوبري الخشن على ناحيتي دائرة التأمل، وتحاول أن تستدعي الحيوان رمز قوتك، بينما ترمقك مارلا بعينها المحاطة بالسواد. تغمض عينيك وتتأمل في القصر ذي الأبواب السبعة. تهدهد الطفل في داخلك.

ترمقك مارلا.

ثم يأتي وقت الاحتضان.

افتح عينيك.

يجب أن نختار رفيقًا لكل منَّا.

مارلا تعبر الغرفة بثلاث خطوات سريعة، وتصفعني بعنف على وجهي.

شارك نفسك مع الآخرين كلية.

مارلا تقول: «أنت يا قطعة القذارة اللعينة!».

حولنا يقف الجميع يحملقون.

ثم تنهال عليَّ قبضتا مارلا في كل اتجاه. إنها تصرخ: «أنت قتلت شخصًا. لقد طلبت الشرطة ولسوف يكونون هنا حتمًا في أي دقيقة».

أمسك بمعصميها، وأقول: إن الشرطة قد تأتي لكن ربما لا تفعل.

تتلوى مارلا وتقول إن الشرطة قادمة بسرعة إلى هنا كي تقيدني إلى المقعد الكهربائي، سوف يخبزون عينَي حتى تخرجان من مكانهما، أو على الأقل يعطونني حقنة مميتة.

سوف يبدو هذا بالضبط كلدغة نحلة.

جرعة كبيرة من فينوباربيتال الصوديوم وبعدها النوم الأكبر. كأنه مأوى الكلاب.

مارلا تقول إنها رأتني أقتل شخصًا اليوم.

لو كانت تعني رئيسي فأنا أقول أجل أجل أجل. أعرف. الشرطة تعرف. الجميع يبحث عني كي يعطيني الحقنة المميتة، لكن تايلر هو من قتل رئيسي.

أنا وتايلر لنا بالمصادفة نفس البصمات لكن لا أحد يفهم.

تقول مارلا: «اذهب إلى الجحيم». وتدفع عينها المضروبة نحوي. «لأنك أنت وأتباعك تحبون أن تضربوا. فقط المسني مرة أخرى مجددًا ولسوف ينتهي أمرك».

تقول مارلا: «أنا رأيتك تطلق الرصاص على رجل هذه الليلة».

أقول كلَّا. كانت قنبلة. وقد حدث هذا صباح اليوم. تايلر أحدث ثقبًا في شاشة كمبيوتر ثم صب الجازولين أو البارود.

كل القوم المصابين بسرطان القولون يقفون يراقبون هذا.

تقول مارلا: «لا. أنا اقتفيت أثرك إلى فندق «برسمان» وكنت تعمل ساقيًا في إحدى حفلات ألغاز القتل تلك».

حفلات ألغاز القتل. الأثرياء يأتون إلى الفندق لحفل عشاء كبير، ويمثلون نوعًا من قصص أجاثا كريستي. وبين تقديم عصيدة السلمون ولحم الغزال، تنطفئ الأنوار لدقيقة ويتظاهر أحدهم بأنه قتل. موت مسلٍّ من طراز «دعونا نتظاهر بهذا».

بقية العشاء يسكر الضيوف ويأكلون حساء الخضر، ويحاولون البحث عن أدلة تقودهم إلى أيهم هو القاتل المخبول.

تقول مارلا: «أنت أطلقت الرصاص على مندوب العمدة للحفاظ على البيئة».

تايلر أطلق الرصاص على مندوب العمدة لشيء ما.

مارلا تقول: «وأنت لست مصابًا بالسرطان كذلك».

هكذا تجري الأمور بسرعة.

فرقع بأصابعك.

وعندها ينظر إليك الجميع.

أصرخ فيها: أنتِ كذلك لست مصابة بالسرطان!

تصرخ مارلا: «لقد ظل يأتي هنا عامين، وهو ليس مصابًا بشيء!».

أنا أحاول إنقاذ حياتِك.

«ماذا؟ ولماذا تحتاج حياتي إلى إنقاذ؟».

لأنك تقتفين أثري. لأنك اقتفيت أثري الليلة ولأنك رأيت تايلر دردن يقتل شخصًا، وتايلر سوف يقتل أي شخص يهدد «مشروع الأضرار».

كل شخص في الغرفة يبدو وقد خرج من مأساته الصغيرة. موضوع سرطانهم التافه. حتى الذين يتعاطون أقراص علاج الألم المنومة ينظرون إلينا بأعين متسعة متنبهة.

أقول للجمع: أنا آسف، لم أقصد أي أذى. يجب أن نرحل. يجب أن نتكلم عن هذا في الخارج.

هنا يصيح الجميع: «لا، ابقَ! وماذا أيضًا؟».

أقول أنا لم أقتل أحدًا. أقول أنا لست تايلر دردن. إنه الجزء الآخر من شخصيتي المنفصمة. هل رأى أحدكم فيلم «سيبيل»؟

تقول مارلا: «إذن من سيقتلني؟ تايلر أم أنت؟».

أقول تايلر، لكني أستطيع أن أتولى أمر تايلر. فقط خذي حذرِكِ من أعضاء «مشروع الأضرار». ربما أعطاهم تايلر أمرًا بأن يخطفوكِ أو أي شيء.

«ولماذا يجب أن أصدق هذا؟».

هكذا تجري الأمور بسرعة.

أقول لأنني أحسبني أميل إليكِ.

تقول مارلا: «إذن هو ليس حبًّا؟».

أقول هذه لحظة مبتذلة بما يكفي. لا تتعجلي الأمور.

الكل يراقبنا ويبتسم.

يجب أن أرحل. يجب أن أخرج من هنا. أقول: خذي الحذر من الأشخاص حليقي الرؤوس أو الذين يبدون كأنما تلقوا علقة. أعين سود. أسنان مفقودة. هذا النوع من الأمور.

تقول مارلا: «إذن إلى أين تذهب؟».

يجب أن أتولى أمر تايلر.

٢٨

كان اسمه باتريك مادن، وكان مندوب العمدة للحفاظ على البيئة. كان اسمه باتريك مادن، وقد كان عدوًّا لـ«مشروع الأضرار».

أجول في الظلام حول بناية «فيرست ميثودست» فتعود إليَّ الذاكرة كاملة.

كل ما يعرفه تايلر يعود إلى ذاكرتي.

كان باتريك مادن يجمع قائمة عن البارات التي تعقد فيها أندية القتال.

فجأة صرت أعرف كيف أشغل آلة عرض سينمائي. أعرف كيف أهشم الأقفال، وكيف استأجر تايلر البيت في «بيبر ستريت» قبل أن يكشف عن نفسه لي على الشاطئ.

أعرف لماذا وجد تايلر. تايلر كان يحب مارلا. من الليلة الأولى للقائنا، أراد تايلر أو جزء مني أن يكون مع مارلا.

لا شيء من هذا يهم. ليس الآن. لكن التفاصيل تعود إليَّ وأنا أمشي في الليل إلى أقرب نادي قتال.

ثمة نادي قتال في قبو «بار السلاح» في ليالي السبت. من المحتمل أن تجده في القائمة التي يجمعها باتريك مادن. باتريك مادن الميت البائس.

الليلة أذهب إلى «بار السلاح» فينشق الجمع لدى دخولي على طريقة سوستة الثياب. بالنسبة إلى الجميع هنا أنا تايلر دردن العظيم القوي. الإله والأب.

من كل صوب حولي أسمع: «مساء الخير سيدي».

«مرحبًا بك في نادي القتال يا سيدي».

«شكرًا على الانضمام إلينا سيدي».

وجهي الوحشي بدأ يلتئم لتوه. الفجوة في خدي تبتسم. تقطيبة فوق فمي الحقيقي.

لأنني تايلر دردن ولأنه «طظ فيكم» فإنني أسجل نفسي لقتال كل واحد في النادي الليلة. خمسون معركة. معركة واحدة في كل مرة. لا أحذية لا قمصان.

تستمر المعارك ما دامت يجب أن تستمر.

وإذا كان تايلر يحب مارلا.

فأنا أحب مارلا.

وما يحدث لا يمكن التعبير عنه بكلمات. أريد أن أخنق كل الشواطئ الفرنسية التي لن أراها. تخيل أن تصطاد الوعول عبر الغابات الرطبة حول مركز «روكفلر».

في أول معركة أمسك بي الفتى في «مقص نلسون» كامل ثم راح يضغط وجهي، يضغط خدي، يضغط الفجوة في خدي على الأرض الخرسانية حتى تحركت أسناني من مكانها، وغرست جذورها المدببة في لساني.

الآن أتذكر باتريك مادن ميتًا على الأرض. تمثال صغير لزوجته

وابنته الصغيرة وشعرها المعقوص للخلف على شكل كعكة. زوجته ضحكت وحاولت أن تصب الشمبانيا بين شفتيه الميتتين.

قالت الزوجة إن هذا الدم المزيف أحمر جدًّا. أكثر من اللازم.

ذاقت مسز باتريك مادن الدم.

أتذكر أنني كنت هناك أقف خارج حفل لغز القتل، والسقاة الذين هم قردة فضاء يقفون للحراسة من حولي. مارلا في ثوبها الذي تتناثر عليه زهور سود كورق الحائط، تراقب من الناحية الأخرى من قاعة الرقص.

في معركتي الثانية وضع الفتى ركبته ما بين لوحي كتفي. الفتى يجذب ذراعي معًا خلف ظهري، ثم يضرب صدري بالأرض الخرسانية. عظمة ترقوتي، أسمعها تتهشم على جانب.

سوف أهشم «إلجين ماربلز» بمطرقة وأمسح مؤخرتي بـ«الموناليزا».

رفعت مسز باتريك مادن إصبعين ملوثتين بالدم، والدم يسيل في مجارٍ بين أسنانها، ثم سال الدم على أصابعها، على معصمها، فوق السوار الماسي. ثم إلى كوعها حيث راح يتساقط في قطرات على الأرض.

القتال الثالث. أصحو لأجد أن هذا هو القتال الثالث.

لا مزيد من الأسماء في نادي القتال.

أنت لست اسمك.

أنت لست أسرتك.

رقم ثلاثة يبدو أنه يعرف ما أريد، ويمسك برأسي في الظلام

ويخنقني. هناك مسكة تعطيك فقط ما يكفي من الهواء كي تظل حيًّا.

رقم ثلاثة يمسك برأسي في ثنية ذراعه، كأنه يمسك بطفل رضيع أو كرة قدم، ويدق رأسي بقبضته المطبقة.

حتى تعض أسناني اللحم داخل خدي.

حتى تلاقي الفجوة في خدي ركن فمي. يلتقي الشقان في شق واحد كبير يمتد من أذني إلى أنفي.

رقم ثلاثة يضرب حتى تتعرى قبضته.

حتى أبكي.

كيف سيتخلى عنك كل من أحببت أو يموت.

كل ما خلقته سوف يلقى به بعيدًا.

كل شيء فخرت به سوف ينتهي في القمامة.

أنا «أوزيماندياس» ملك الملوك.

لكمة أخرى وتنغلق أسناني على لساني.

يسقط نصف لساني على الأرض ويركل بعيدًا.

التمثال الصغير الذي يمثل مسز باتريك مادن وهي راكعة جوار جثة زوجها. الأثرياء. الناس الذين يعتبرونهم أصدقاء يحتشدون حولها ثملين ويضحكون.

الزوجة قالت: «باتريك!».

بركة الدم تتسع وتتسع حتى تلمس تنورتها.

تقول: «باتريك، هذا كافٍ. كف عن الموت».

الدم يتسلق تنورتها. الخاصية الشعرية. خيطًا بخيط يتسلق تنورتها.

من حولي يصرخ رجال «مشروع الأضرار».

ثم تصرخ مسز باتريك مادن.

وفي قبو «بار السلاح» يسقط تايلر دردن على الأرض في فوضى دافئة. تايلر دردن العظيم، الذي وصل إلى الاكتمال في لحظة والذي قال إن هذه اللحظة هي غاية ما تصبو إليه من الاكتمال.

وتستمر المعارك لأنني أريد أن أموت. لأنه في الموت فقط نحظى بأسماء. فقط في الموت لا نعود جزءًا من «مشروع الأضرار».

٢٩

يقف تايلر دردن هناك. غاية في الوسامة. ملاكًا بطريقة «كل شيء أشقر» الخاصة به. رغبتي في الحياة تذهلني.

أنا الذي صرت عينة من نسيج دموي في غرفتي بـ«شركة صابون بيبر ستريت».

كل شيء في غرفتي قد ولّى.

المرآة التي عليها صورة قدمي، يوم أصبت بالسرطان لمدة عشر دقائق. ما هو أسوأ من السرطان. لقد ذهبت المرآة. باب الخزانة مفتوح وقمصاني الستة البيض والسراويل السود والثياب الداخلية والأحذية قد ولت جميعًا.

يقول تايلر: «انهض».

خلف وداخل وتحت كل ما أخذته قضية مسلمة كان شيء مرعب ينمو.

لقد تهاوى كل شيء.

تم إخلاء قردة الفضاء. كل شيء أعيد توزيعه، بما فيه الدهن

المشفوط والأسرة والمال. وبخاصة المال. لم تبقَ إلا الحديقة والبيت المستأجر.

يقول تايلر: «آخر ما سنقوم به هو موضوع استشهادك. موتك العظيم».

لن يكون هذا كما الموت الحزين المفعم بالكآبة، بل سيكون موتًا مفرحًا باعثًا على الأمل.

أوه يا تايلر. أنا أتألم، اقتلني هنا.

«بل انهض».

هيا اقتلني. اقتلني. اقتلني. اقتلني.

يقول تايلر: «يجب أن يكون ضخمًا. تخيل هذا: فوق أعلى بناية في العالم. يستولي «مشروع الأضرار» على البناية كلها. الدخان يخرج من النوافذ. المكاتب تهوي على الناس المتزاحمين في الشارع. أوبرا موت حقيقية. هذا ما ستحظى به».

أقول: لا. لقد استغللتني بما يكفي.

«لو لم تتعاون سنطارد مارلا».

أقول له: إذن تقدمني إلى حيث تريد.

يقول تايلر: «اخرج بحق الجحيم من الفراش الآن. وضع مؤخرتك في السيارة اللعينة».

لذا أقف أنا وتايلر على قمة بناية «باركر موريس» والمسدس في فمي.

نحن في آخر عشر دقائق لنا.

لن تكون بناية «باركر موريس» هنا بعد عشر دقائق. أعرف هذا لأن تايلر يعرف هذا.

ماسورة المسدس تلتصق بمؤخرة حلقي، وتايلر يقول: «لن نموت».

أتحسس ماسورة المسدس بلساني وألصقها بخدي السليم، وأقول: تايلر، أنت تفكر في مصاصي الدماء.

هذه آخر ثماني دقائق لنا.

المسدس هنا في حالة ما إذا وصلت طائرات هليكوبتر الشرطة أولًا.

يبدو المنظر كأنه رجل وحيد يضع مسدسًا في فمه، لكن تايلر هو الذي يمسك بالمسدس وهذه حياتي أنا.

خذ ٩٨٪ من حمض النتريك المدخن، وأضفه إلى ثلاثة أضعاف الكمية من حمض الكبريتيك.

لقد صار عندك النيتروجلسرين.

سبع دقائق.

اخلط النيترو بنشارة الخشب وسوف تحصل على مفجر بلاستيكي جيد. أكثر قردة الفضاء يمزجون النيترو بالقطن ثم يضيفون أملاح «الإبسوم» كمصدر للكبريتات. هذا أيضًا ينجح. بعض القردة يستعملون البارافين، لكن البارافين لم ينجح معي قَطُّ.

أربع دقائق.

أنا وتايلر على حافة السطح والمسدس في فمي. أتساءل عمَّا إذا كان المسدس نظيفًا.

ثلاث دقائق.

ثم يصرخ أحدهم.

«انتظر!»، هذه مارلا قادمة نحونا عبر السطح.

مارلا قادمة نحوي أنا لأن تايلر قد اختفى. تايلر هلوستي أنا لا هلوستها. تايلر قد اختفى سريعًا كحيلة مشعوذ. الآن أنا مجرد رجل يدس مسدسًا في فمه.

تصرخ مارلا: «لقد اقتفينا أثرك. كل الناس من مجموعة مساندة المرضى. لا تفعل هذا. ألقِ بالمسدس».

خلف مارلا كل سرطانات القولون وكل طفيليات المخ وكل مرضى سرطان الجلد الأسود ومرضى الدرن، يمشون ويعرجون ويدفعون مقاعدهم نحوي.

إنهم يقولون: «توقف».

أصواتهم تصل إليَّ على الريح الباردة وهم يقولون: «توقف». و«بوسعنا أن نساعدك».

«دعنا نساعدك».

وعبر السماء يأتي صوت «الووب ووب» المميز لهليكوبتر الشرطة.

أصرخ: ابتعدوا. اخرجوا من هنا. هذه البناية ستنفجر.

تصرخ مارلا: «نعرف هذا».

تبدو اللحظة كعيد الظهور الخاص بي.

أنا لا أقتل نفسي. أنا أقتل تايلر.

أنا قرص جو الصلب.

أتذكر كل شيء.

تصرخ مارلا: «ليس هذا حبًّا ولا أي شيء. لكن أعتقد أنني أميل إليك».

دقيقة واحدة.

مارلا تميل إلى تايلر.

مارلا تصرخ: «لا. بل أميل إليك أنت. أنا أعرف الفارق بينكما».

ولا شيء ينفجر.

فوهة المسدس ملتصقة بخدي السليم. أقول تايلر. أنت مزجت النيترو بالبارافين. أليس كذلك؟ البارافين لا ينجح أبدًا.

يجب أن أفعل هذا.

طائرات هليكوبتر الشرطة.

أجذب الزناد.

٣٠

في بيت أبي هناك قصور كثيرة.

بالطبع حينما جذبت الزناد لقيت حتفي.

كذاب.

وقد مات تايلر.

مع طائرات الهليكوبتر الخاصة بالشرطة تهدر نحونا، ومارلا وكل مجموعة المساندة التي لم تستطع أن تساعد نفسها، وكلهم يحاول أن ينقذني، كان عليَّ أن أجذب الزناد.

كان هذا أفضل من الحياة الحقيقية.

ولحظتك المكتملة تلك لا تستمر للأبد.

كل شيء في السماء أبيض في أبيض.

مزيِّف.

كل شيء في السماء هادئ والأحذية مكسوة بالمطاط.

أستطيع النوم هنا في السماء.

الناس يكتبون لي ويقولون إنهم لن ينسوني. إنني بطلهم. سوف أتحسن.

الملائكة هنا من طراز ملائكة العهد القديم. فيلق له ملازمون، وحشد سماوي يعمل في ورديات. وردية الليل. يجلبون لك الطعام على صينية ومعها كوب ورقي به الدواء. طاقم ألعاب وادي الدمى (١).

يسألونني «لماذا؟».

لماذا سببت كل هذا الألم؟

ألم أفهم أن كلًّا منا نُدفة ثلجية مقدسة متميزة في خصوصيتها؟

ألا أرى أننا جميعًا مظاهر للحب؟

أنا لا أرى أننا متميزون.

لكننا لسنا قمامة ولا مخلفات كذلك.

نحن نحن فحسب.

وما يحدث لنا يحدث فحسب.

أتذكر كل شيء.

خروج الرصاصة من مسدس تايلر، وكيف مزقت خدي الآخر لترسم لي ابتسامة من أذن لأذن. أجل. كيقطينة «الهالوين» الغاضبة. كعفريت ياباني. كتنين جشع.

مارلا ما زالت على الأرض وهي تكتب لي. يومًا ما ـ كذا تقول ـ سوف يعيدونني.

ولو كان هناك هاتف في السماء لطلبت مارلا ولحظة أن تقول:

____

(١) من الواضح طبعًا أنه في مستشفى الأمراض العقلية، وإن اعتبر أن هذه هي السماء. لكني اضطررت إلى تخفيف بعض المقاطع في هذا الفصل فقط لأنها لا تخلو من تجديف لا شك فيه. (المترجم).

«آلو» لن أضع السماعة. سأقول: «مرحبًا. ماذا يحدث؟ قولي لي كل التفاصيل الصغيرة».

لكني لا أريد أن أعود. ليس بعد.

لسبب ما.

لأنه من حين لآخر يجلب لي أحدهم صينية الغداء وعليها الغداء، وعينه مسودة أو جبينه منتفخ من أثر الخياطة، ويقول: «نفتقدك يا مستر دردن».

أو يدفع رجل ذو أنف مهشم مهشم الممسحة بجواري ويهمس:

«كل شيء يسير طبقًا للخطة».

يهمس:

«سوف نحطم الحضارة حتى نصنع من العالم شيئًا أفضل».

يهمس:

«نحن نتطلع لاستعادتك».

خاتمة

انحنى إلى الأمام، تفوح أنفاسه برائحة ويسكي شُرب من الزجاجة مباشرةً. لا يغلق فمه بالكامل مطلقًا. ولا يفتح عينيه الزرقاوين إلى أكثر من منتصفيهما أبدًا. قبضت يده على أنشوطة ملفوفة من حبل، من النوع القديم من خيوط القنب، أشقر كشعره. أصفر كقبعة راعي البقر التي يعتمرها. حبل من النوع الذي يستخدمه رعاة البقر، وكان يهز الحبل في وجهي عندما يتكلم. خلفه، باب مفتوح يُظهر مجموعة من الدرجات تهبط إلى الظلام.

كان شابًا ذا بطن مسطح، يرتدي تيشيرتًا أبيض وحذاء رعاة بقر بنيًا ذا كعب سميك. شعره أشقر من تحت قبعة رعاة البقر المصنوعة من القش. حزام ذو حلية معدنية كبيرة يثبت سروالًا من الجينز. ذراعاه البيضاوان النحيفتان مسمَرتان ناعمتان كالمقدمة المدببة لحذاء راعي البقر.

عيناه معروقتان بغابة من الخطوط الحمراء الصغيرة، يطلب مني أن أمسك بالحبل وأقبض عليه بإحكام. ويبدأ في النزول ساحبًا الحبل، يدق حذاؤه الخاص برعاة البقر إحدى درجات السلم، تليها درجة

ثانية، طرقة خشبية قوية أخرى في القبو المظلم. راح يسحبني، في الظلام، بينما تفوح أنفاسه برائحة الويسكي، مثل كرة من القطن في عيادة طبيب، تلك اللمسة الباردة للكحول الطبي في اللحظة التي تسبق الحقن.

خطوة أخرى أخرى في الظلام. يقول راعي البقر: «القاعدة الأولى لجولة النفق المسكون، هي ألا تتحدث عن جولة النفق المسكون».

وأتوقف. لا يزال الحبل ابتسامة مترهلة مرتخية بيننا. يقول راعي البقر برائحة الويسكي التي تفوح منه: «والقاعدة الثانية لجولة النفق المسكون، هي ألا تتحدث عن جولة النفق المسكون...».

يلتف الحبل، ذو الألياف المضفرة، بقوة وزلق دهني، في يدي.

وما زلت متوقفًا، أقول له، ساحبًا الحبل: هيه...

يقول راعي البقر من الظلام: «هيه ماذا؟».

أقول: لقد كتبت ذلك الكتاب.

يصبح الحبل بيننا مشدودًا أكثر، فأكثر.

ويوقف الحبل راعي البقر. فيقول من الظلام: «كتبت ماذا؟».

أقول له: «نادي القتال».

وهنا، يعود راعي البقر ليصعد درجة. دقة حذائه على الدرجة أقرب. يميل قبعته إلى الخلف ليلقي نظرة أفضل، ويركز عينيه عليَّ، تطرفان بسرعة، أنفاسه قوية كجرعة من الويسكي متبوعة بزجاجة من البيرة، كنفخة في جهاز اختبار الكحول، يقول: «أكان هناك كتاب؟».

نعم.

قبل أن يكون هناك فيلم.

قبل أن تُوقَف أندية «الفور إتش» في فيرجينيا لإدارتها أندية قتال...

قبل أن تطرز دوناتيلا فيرساتشي شفرات الموسى على ملابس الرجال وتطلق عليها «إطلالة نادي القتال». قبل أن يسير عارضو أزياء جوتشي على منصة العرض، من دون قمصان، وبأعين سود، مصابين بكدمات وملطخين بالدماء ومضمدين. قبل أن تطلق بيوت أزياء مثل «دولتشي وجابانا» إطلالتها الجديدة للرجال، قمصان السبعينيات الساتان بزخارف ورق الحائط، وسراويل ذات طبعات مموهة، وسراويل جلدية ضيقة منخفضة متدلية، في أقبية ميلانو الأسمنتية القذرة...

قبل أن يبدأ الشباب في إحداث ندوب في أيديهم على هيئة قبلات، مستخدمين البوتاس أو الغراء القوي...

قبل أن يتخذ الشباب حول العالم مبادرات قانونية لتغيير أسمائهم إلى «تايلر دردن»...

قبل أن تضع فرقة «ليمب بيزكيت» شعارًا على موقعها الإلكتروني يقول: «ينصح الدكتور تايلر دردن بجرعة صحية من «ليمب بيزكيت»...».

قبل أن يكون بإمكانك أن تدخل إلى محلات «أوفيس ديبو» للأدوات المكتبية، بغرض شراء ملصقات بيضاء غير لامعة، وهناك على عبوة «أفري دنيسون» (منتج رقم ٨٢٩٣) عينة من الملصق طُبع عليها: «تايلر دردن، ٤٢٠ شارع بيبر ستريت، ويلمنجتون، ديلاوير ١٩٨٨٦»...

قبل القتال بالقبضات في الملاهي الليلية في البرازيل، حيث كان الشباب، في بعض الليالي، يتقاتلون حتى يلقوا حتفهم...

قبل أن تعلن صحيفة «ويكلي ستاندرد» عن: «أزمة الرجولة»...

قبل كتاب سوزان فالودي: «المخدوع: خيانة الرجل الأمريكي»...

قبل أن يناضل طلاب جامعة بريجهام ينج من أجل حقهم في ضرب بعضهم بعضًا في ليالي الاثنين، مصرين على عدم وجود أي شيء في قانون المورمون يحظر نادي قتالهم المسمى «بروفو»...

قبل أن يُوجه اتهام لابن حاكم يوتا مايك ليفيت بزعزعة السلام والتعدي على الممتلكات لإدارة نادٍ للقتال في كنيسة مورمونية...

قبل أن تُشَهِّر صحيفة «ذي أونيون» الساخرة بجمعية تطريز الألحفة، حيث تجتمع السيدات المسنات في قبو كنيسة، متلهفات لممارسة «التطريز بأيدٍ عارية»، وحيث «القاعدة الأولى لجمعية التطريز، هي ألا تتحدثي عن التطريز...».

قبل أن يقدم برنامج «ساتر داي نايت لايف» نادي «قاتل كفتاة»...

قبل أن يبدأ محررو المجلات والصحف في الاتصال، للسؤال عن الأماكن التي يجدون فيها أندية قتال نموذجية في منطقتهم، حتى يتمكنوا من إرسال صحفي متخفٍّ لكتابة قصة إخبارية، مؤكدين لي أنهم لن يضروا بالطبيعة السرية لجماعة أي نادٍ...

قبل أن يبدأ محررو المجلات والصحف في الاتصال لتوبيخي، وتوجيه السباب إليَّ لأنني أصررت على أن فكرة نوادي القتال بأكملها كانت مجرد اختراع، من مخيلتي فقط...

قبل أن يظهر «نادي قتال الكونجرس» في رسوم الكاريكاتير السياسية...

قبل أن تستضيف جامعة بنسلفانيا مؤتمرًا أخضع فيه الأكاديميون «نادي القتال» للفحص الدقيق باستخدام كل شيء من فرويد إلى نحت الخامات اللينة إلى الرقص التفسيري...

قبل أن يخرج علينا مليون موقع إباحي باسم «نادي المضاجعة»...

قبل نشر مليون مراجعة للمطاعم تحت عنوان «نادي اللقمة»...

قبل أن تبدأ شركة «رامبل بويز» بالترويج لمنتجات العناية بالرجال، من كريم وجيل للشعر، باستخدام شعارات مقتبسة من مأثورات «تايلر دردن»...

قبل أن يمكنك السير في المطارات والاستماع إلى إعلانات زائفة من الإذاعة الداخلية تنادي قائلة: «تايلر دردن... الرجاء من تايلر دردن التقاط الهاتف العمومي الأبيض»...

قبل أن يمكنك مصادفة جرافيتي في لوس أنجلوس، عليه شعارات مرشوشة بالطلاء تقول: «تايلر دردن حي».

قبل أن يبدأ الناس في تكساس في ارتداء قمصان طُبع عليها: «أنقذوا مارلا سينجر».

قبل أن تظهر مجموعة متنوعة من العروض المسرحية غير المرخصة بعنوان «نادي القتال»...

قبل أن تُغطَّى ثلاجتي بصور أرسلها إليَّ غرباء: وجوه مبتسمة مصابة بكدمات، وأشخاص يتصارعون في حلبة ملاكمة في الفناء الخلفي...

قبل أن يترجم الكتاب إلى عشرات اللغات: Club de Combate و De Vechtclub و Borilacki Klub و Klub Golih Pesti و Kovos و Klubas…

قبل كل ذلك…

كانت هناك مجرد قصة قصيرة. مجرد تجربة لقتل ساعات الأصيل البطيئة في العمل. بدلًا من السير بالشخصية من مشهد إلى آخر في القصة، كان لا بد من طريقة ما لمجرد القص والقص والقص. لتقفز من مشهد إلى مشهد. من دون أن تُضيع القارئ. لتُظهر كل جانب من جوانب القصة، لكن نواة كل جانب فقط، لحظة أساسية، ثم لحظة أساسية ثانية. ثم أخرى.

كان لا بد من وجود ما يشبه الجوقة. شيء غير محسوس لا يجذب انتباه القارئ، لكن من شأنه أن يشير إلى قفزة في اتجاه زاوية أو جانب جديد من القصة. عازل غير لافت نوعًا ما، يكون بمثابة المعيار أو المَعلم الذي يحتاج إليه القارئ حتى لا يشعر بالضياع. نوع من الشراب المحايد، مثل شيء يُقدَّم بين الأطباق في عشاء فاخر. إشارة، مثل فاصل موسيقي في البث الإذاعي، للإعلان عن الموضوع التالي. القفزة التالية.

نوع من الغراء أو الملاط من شأنه أن يجمع فسيفساء من لحظات وتفاصيل مختلفة. يمنحها جميعًا استمرارية ويعرض، مع ذلك، كل لحظة من خلال عدم دفعها بشدة نحو اللحظة التالية.

فكر في فيلم «المواطن كين»، وكيف ينشئ المراسلون الإخباريون، مجهولو الوجه والاسم، إطار عمل لسرد القصة من عديد من المصادر المختلفة.

هذا ما أردت فعله. في فترة الأصيل المملة تلك، في العمل.

إذن لتلك الجوقة ـ تلك الأداة الانتقالية ـ كتبت ثماني قواعد. لم تكن فكرة نادي القتال بأكملها مهمة. كانت فكرة اعتباطية. لكن القواعد الثماني كان لا بد لها من شيء ما تنطبق عليه، فلماذا لا يكون ناديًا يمكنك فيه أن تطلب من شخص ما أن يقاتلك؟ بالطريقة التي تطلب بها من شخص ما أن يراقصك في الديسكو. أو تتحدى بها شخصًا ما في لعبة البلياردو أو التصويب بالأسهم. لم يكن القتال هو الجزء المهم من القصة. ما احتجت إليه هو القواعد. تلك المعالم غير اللافتة التي من شأنها أن تسمح لي بوصف هذا النادي من الماضي أو الحاضر، عن قرب أو عن بعد، البداية والتطور، لحشد كثير من التفاصيل واللحظات معًا ـ كل ذلك في سبع صفحات ـ **من دون** أن أفقد القارئ.

في ذلك الوقت، كانت لديَّ كدمة حول عيني منذ فترة، تذكار من قتال بالقبضات خلال إجازتي الصيفية. لم يسأل أحد ممن عملت معهم عنها قَطُّ، واستنتجت أنه يمكنك فعل أي شيء في حياتك الخاصة إذا ما تسبب لك في كدمة شديدة إلى درجة لا يرغب أحد معها في الاطلاع على التفاصيل.

في الوقت نفسه، شاهدت برنامج بيل موير التلفزيوني عن الكيفية التي كان أفراد عصابات الشوارع ينشأون بها من دون آباء، يحاولون فقط مساعدة بعضهم بعضًا ليصبحوا رجالًا. يصدرون الأوامر والتحديات. يفرضون القواعد والنظام. يمنحون المكافآت. كل الأشياء التي كان مدرب أو رقيب ليفعلها.

في الوقت نفسه، كانت المكتبات ممتلئة بكتب مثل: «نادي

الحظ السعيد» و«الأسرار الإلهية لأخوية يايا» و«كيفية صنع لحاف أمريكي». كانت تلك كلها روايات قدمت نموذجًا اجتماعيًّا للنساء ليتجمعن، ليجلسن معًا ويسردن قصصهن، ليتشاركن حيواتهن. لكن لم تقدم أي رواية نموذجًا اجتماعيًّا جديدًا للرجال يمَكنهم من مشاركة حيواتهم.

كان من شأن هذا أن يمنح الرجال بنية وأدوارًا وقواعد للعبة ـ أو لمهمة ـ لكن من دون إفراط في الحساسية. كان من شأنه صياغة طريقة جديدة للتجمع والوجود معًا. كان يمكن أن يكون «نادي أصحاب الحظائر» أو «نادي الجولف»، وربما أدى إلى بيع عدد أكبر بكثير من الكتب. شيء غير مهدِّد.

لكنني في الأصيل البطيء لذلك اليوم، كتبت قصة قصيرة من سبع صفحات بعنوان «نادي القتال». كانت أول قصة حقيقية بعتها على الإطلاق. نُشرت في مجموعة مختارات عنوانها «السعي وراء السعادة»، أصدرتها دار «ذا بلو هيرون برس»، التي اشترتها مقابل خمسين دولارًا. طبع الناشران، دينيس وليني ستوفول، العنوان الخاطئ على كعب كل النسخ، وتسببت تكلفة إعادة الطبع في إفلاس دارهما الصغيرة. اليوم قد باعا كل النسخ. سواء التي طُبعت بشكل صحيح أو خاطئ. بيعت في الغالب لأناس يبحثون عن تلك القصة القصيرة الأصلية التي أصبحت، منذ ذلك الحين، الفصل السادس من الكتاب، «نادي القتال».

كانت سبع صفحات فقط لأن مُدرسي للكتابة، توم سبانباور، قال مازحًا إن سبع صفحات هي الطول المثالي لقصة قصيرة.

لتحويل القصة القصيرة إلى كتاب، أضفت كل قصة أمكن لأصدقائي أن يسردوها. منحتني كل حفلة حضرتها مزيدًا من المواد. هناك القصة التي يدمج فيها مايك الأفلام الإباحية في أفلام العائلة. هناك القصة عن جيف، نادل قاعة الاحتفالات، الذي يتبول في الحساء. عندما أعرب صديق لي عن قلقه من أن هذه القصص قد تدفع الناس إلى تقليدها، أصررت على أننا نكرات من ذوي الياقات الزرقاء، نعيش في أوريجون وقد تلقينا تعليمنا في المدارس العامة. لم يكن هناك شيء بوسعنا أن نتخيله لم يفعله مليون شخص بالفعل.

بعدها بسنوات، في لندن، انتحى بي شاب جانبًا قبل مناسبة لتوقيع الكتاب. كان يعمل نادلًا في أحد أفضل مطاعم لندن، وقد أحب الطريقة التي صورت بها النُّدُل وهم يفسدون الطعام. كان هو والخدم الآخرون قد عبثوا بالطعام الذي يقدمونه للمشاهير، قبل وقت طويل من قراءتهم كتابي.

عندما سألته أن يسمي أحد المشاهير، هز رأسه. لا، لا يستطيع المخاطرة بإخباري.

عندما رفضت أن أوقع على كتابه، أشار إليَّ بيده كي أقترب وهمس:

«مارجريت ثاتشر أكلت سائلي المنوي».

رفع يده مفرقًا بين أصابعها وقال:

«خمس مرات على الأقل...».

في ورشة العمل حيث بدأت في الكتابة الروائية، كان عليك أن تقرأ عملك في الأماكن العامة. تقرأ في حانة أو مقهى، في معظم

الأوقات، حيث تتبارى مع هدير آلة الإسبريسو. أو مع مباراة كرة قدم على التلفزيون. موسيقى وسكارى يتحدثون. في مواجهة كل هذه الضوضاء والتشتيت، لا تسترعي الأسماع سوى القصص القاتمة والمرحة، الأكثر إثارة للصدمة، والأكثر حسية. لن يحدث أبدًا أن يجلس جمهورنا التجريبي ساكنًا للاستماع إلى «نادي أصحاب الحظائر».

في الحقيقة، ما كنت أكتبه لم يكن سوى «جاتسبي العظيم» بقليل من التحديث. كانت رواية «رسولية»[1]، يحكي فيها التلميذ الباقي على قيد الحياة قصة بطله التي عاصرها. قصة عن رجلين وامرأة. يُقتل فيها أحد الرجلين، البطل، رميًا بالرصاص.

لقد كانت رواية رومانسية كلاسيكية قديمة، لكنها حُدِّثت لتتبارى مع آلة الإسبريسو وشبكة «إي إس بي إن» الرياضية.

استغرق الأمر مني ثلاثة أشهر لكتابة تلك المسودة الأولى، وبيع الكتاب للناشر «دبليو دبليو نورتون» في ثلاثة أيام. مقابل مقدم صغير للغاية حتى إنني لم أخبر به أحدًا قَطُّ. لا أحد. كان المبلغ ستة آلاف دولار. يخبرني مؤلفون آخرون، الآن، أن هذا يسمى «تسريح مهذب». إنه مقدم منخفض للغاية يُفترض معه أن يشعر المؤلف بالإهانة وينصرف. مما يتيح للناشر الخروج من المأزق من دون أن يسيء إلى أي من أعضاء طاقم العمل الذين أرادوا الحصول على الكتاب.

____

(١) تشير العبارة إلى «رسل» المسيح أو «تلاميذه» الذين رووا قصته في أناجيلهم. (المترجم).

مع ذلك، كانت ستة آلاف دولار، من شأنها أن تسدد إيجاري لمدة عام. لذلك أخذتها. وفي أغسطس ١٩٩٦، كان هناك كتاب ذو غلاف مقوى. وجولة بين ثلاث مدن، سياتل وبورتلاند وسان فرانسيسكو، حيث لم يحضر أكثر من ثلاثة أشخاص في أي قراءة. لم تغطِّ مبيعات الكتاب حتى نفقات ما شربته من الثلاجات الصغيرة في غرف الفنادق.

أحد كُتَّاب المراجعات صنف الكتاب في الخيال العلمي، ورأى فيه ثانٍ تهكمًا على حركة «أيرون جون» المناصرة للرجال. ورأى فيه آخر تهكمًا على ثقافة ذوي الياقات البيضاء في الشركات الكبرى. البعض صنفه في أدب الرعب. لم يصنفه أحد في الروايات الرومانسية.

في بيركلي، سألني محاور إذاعي: «بعد أن كتبت هذا الكتاب، ما الذي يمكنك أن تخبرنا به عن وضع المرأة الأمريكية في العالم اليوم؟».

في لوس أنجلوس، قال أستاذ جامعي في الإذاعة الوطنية العامة إنه كتاب فاشل لأنه لم يعالج قضية العنصرية.

على متن طائرة في طريق العودة إلى بورتلاند، مال مضيف جوي مقتربًا وطلب مني أن أخبره الحقيقة. كانت نظريته تقول إن الكتاب لا يتعلق بالقتال على الإطلاق. أصر على أن الكتاب يتعلق في الحقيقة برجال مثليين يشاهدون بعضهم بعضًا وهم يتضاجعون في حمامات البخار العامة.

قلت له: نعم، تبًّا! وقدم لي مشروبات مجانية لبقية الرحلة.

كُتَّاب مراجعات آخرون كرهوها. أوه، رأوها «قاتمة للغاية». «عنيفة للغاية». «حادة وصاخبة ودوجمائية للغاية». كانوا ليحبون «نادي أصحاب الحظائر».

مع ذلك، فقد فازت في عام ١٩٩٧ بـ«جائزة باعة الكتب في شمال غرب المحيط الهادئ»، و«جائزة أوريجون للكتاب» لأفضل رواية. بعد ذلك بعام، عرفتني امرأة بنفسها في «حانة كيه جي بي الأدبية» في مانهاتن السفلى. كانت رئيسة لجنة تحكيم «جائزة أوريجون»، وقالت إنها اضطرت إلى المحاربة بأسنانها وأظفارها لإقناع المحكمين الآخرين. باركها الله.

بعد ذلك بعام، في الحانة نفسها، عرفتني امرأة أخرى بنفسها، وأخبرتني كيف أنها ستصمم البطريق من أجل فيلم «نادي القتال» بالرسوم المتحركة باستخدام الكمبيوتر.

ثم كان هناك براد بيت وإدوارد نورتون وهيلنا بونام كارتر.

منذ ذلك الحين، كتب آلاف الأشخاص، معظمهم يقول: «شكرًا». لكتابة شيء جعل أبناءهم يعودون إلى القراءة من جديد، أو أزواجهن، أو طلابهم. كتب أشخاص آخرون رسائل غاضبة بعض الشيء، يقولون فيها كيف أنهم اخترعوا فكرة نوادي القتال، بأكملها، في معسكرات التدريب العسكرية. أو في معسكرات العمل في فترة الكساد. كان الواحد منهم يسكر ويقول للآخر: «اضربني، بأقصى ما تستطيع من قوة...».

يقولون لطالما كانت أندية القتال موجودة. وستظل موجودة.

سيظل النُّدُل يبولون في الحساء. سيظل الناس يقعون في الحب.

الآن، بعد صدور سبعة كتب، لا يزال الرجال يسألون أين يمكنهم العثور على نادي القتال في منطقتهم.

ولا تزال النساء يسألن عما إذا كان هناك نادٍ يمكنهن فيه أن يتقاتلن بعضهن مع بعض.

الآن، هذه هي القاعدة الأولى لنادي القتال: لا يوجد شيء يستطيع أن يتخيله نكرة من ذوي الياقات الزرقاء في أوريجون، تلقى تعليمه في مدرسة عامة، ولا يكون مليون مليار شخص قد أدوه بالفعل...

في جبال بوليفيا ــ أحد الأماكن التي لم ينشر فيها الكتاب بعد، على بعد آلاف الأميال من راعي البقر المخمور وجولته في النفق المسكون ــ يتجمع أفقر الناس، كل عام، في قرى الأنديز المرتفعة للاحتفال بمهرجان «تينكو».

هناك، يبرح الفلاحون الرجال بعضهم بعضًا ضربًا. سكارى ومدرجين بالدماء، يكيلون الضربات إلى بعضهم بقبضات أيديهم العارية، وهم يهتفون: «نحن رجال. نحن رجال. نحن رجال...».

الرجال يقاتلون الرجال. أحيانًا، تقاتل النساء بعضهن بعضًا. يقاتلون مثلما قاتلوا على مدى قرون. في عالمهم، حيث الدخل المحدود والثروة الضئيلة، والممتلكات الشحيحة، ومن دون تعليم أو فرص، يمثل لهم ذلك مهرجانًا يتطلعون إليه طيلة العام.

ثم، عندما ينال منهم الإرهاق، يذهب الرجال والنساء إلى الكنيسة.

ويتزوجون.

أن تكون متعبًا ليس مثل أن تكون ثريًّا، ولكنه في أغلب الأحيان قريب بما فيه الكفاية.

كلمة المترجم

اشتهرت قصة «نادي القتال» كثيرًا في مصر عن طريق عرض الفيلم الشائق الذي أخرجه ديفيد فنشر، ونال شعبية خاصة لدى الشباب. وهي ظاهرة تكررت في العالم كله.

تشاك بولانيك (Chuck Palahniuk)، اسم غريب لكاتب أمريكي من أصل فرنسي-روسي، والمقطع الأخير من اسمه ذو أصول أوكرانية كما يقول هو. يقول إن اسمَي جديه كانا «بولا» و«نيك». وهذه هي الطريقة التي يجب أن ينطق بها اسمه: «بولا-نيك».

يقول من عرفوا بولانيك إنه رجل هادئ لا تعتقد أبدًا أنه مؤلف هذه الروايات العنيفة. إلا أن الحقيقة المفزعة التي عرفها هي أن ٨٥٪ من قرَّاء الأدب نسوة في منتصف العمر. وقرر أن ما يريده فعلًا هو أن يكتب لمن لا يقرأون بدلًا من أن يكتب لجمهور القصة المعتاد. لقد رغب في أن يكتب أدبًا يخاطب الرجال أساسًا. نوعًا من الأدب الذكوري الممتلئ بوساوس الفحولة وشهوة الصراع.

كانت القصة ـ وبالتالي الفيلم ـ من أكثر الأعمال إثارة للجدل،

حتى إن ناقدًا رصينًا مثل روجر إيبرت أطلق على عالم بولانيك مصطلح «بورنو الفتوات» (Macho Porn). وهو مصطلح أحبه بولانيك كثيرًا حين سمعه. فهو بالفعل بالغ الاهتمام بالعنف والجنس. ويرى أن المجتمع الأمريكي قد تعلم التسامح بالنسبة إلى الجنس، لكنه لا يغفر أبدًا أن تمتدح العنف (هذا رأيه على كل حال). ناقد آخر هو ركس ريد قال إن الفيلم «سيجد جمهوره المناسب في جهنم»، وكان رد بولانيك إنه سيزور ريد في جهنم ولربما دعاه إلى كأس هناك.

منذ صدورهما ظلت روايتا «نادي القتال» و«المجنون الأمريكي» توضعان دومًا في قائمة الكتب التي تتجاوز ما هو معقول.

إن الرواية الأولى تتحدث عن المجتمع الأمريكي الذي يتحلل ويلتهم نفسه لأسباب كثيرة منها تفكك الأسرة، وقد جاءت للكاتب أمهات غاضبات كثيرات، لأنه يقول في روايته على لسان البطل: ما تراه اليوم هو جيل كامل من الرجال ربته أمهات وحيدات. تأمل هذه الجملة الصادمة:

«لو كنت ذكرًا مسيحيًا وكنت تعيش في أمريكا، فإن أباك هو نموذجك الأول للإله. وإذا لم تكن تعرف أباك، أو مات، أو لم تره في البيت قَطُّ، فكيف يكون إيمانك بالإله؟».

هكذا يعترف المؤلف على لسان بطله تايلر بأن تفسخ الأسرة قد هز فكرة الدين ذاتها.

وتأمل هذه الجملة:

«نحن أبناء التاريخ الأوسطون الذين ربانا جهاز التلفزيون،
وقال لنا إننا يومًا سنصير مليونيرات ونجوم سينما ونجوم
موسيقى روك، لكن هذا لن يحدث. ونحن الآن نستوعب
هذه الحقيقة».

القصة تحوي قدرًا هائلًا من التمرد والغضب والفوضوية،
إلى حدِّ أنها تذكرنا ببعض كتابات كروبوتكين الفوضوي الروسي
الأشهر، وكان في القصة وصف مفصل لطرق إعداد المتفجرات
والنابالم من أشياء بسيطة مثل براز القط وعصير البرتقال، وإن
اضطر الكاتب ـ آسفًا ـ إلى حجب بعض تفاصيل الوصفات كي لا
يجربها أحدهم. هناك الكثير من الولع بالمذاقات المثيرة للاشمئزاز،
وهو تأثير مقصود بغرض «الصدمة البرجوازية». إلى حدِّ أن بعض
الفقرات تحتاج إلى معدة قوية حقًّا. يقول بولانيك: «ناشري يوقفني
أحيانًا عند حدي، وغالبًا ما أجده على حق. في النسخة الأصلية
للرواية كانوا يقومون بإخصاء رئيس الشرطة. وكانت هناك ثلاجة
ممتلئة بالخصي في منزل بيبر ستريت، فقال لي الناشر: «هكذا
ستفقد الكثير من التعاطف، لا تجعلهم يفعلون ذلك». لذا تراجعت.
والآن سرني أنني أطعته».

بعد الرواية انتشرت أندية القتال في الولايات المتحدة. بولانيك
نفسه يتدرب على القتال مع مصارع محترف ثلاث مرات أسبوعيًّا.

بطل قصة «نادي القتال» لا اسم له. في الفيلم أسموه «جاك»،
والسبب هو أن كاتب السيناريو كان بحاجة إلى أي اسم يضع أمامه
سطور الحوار.

فكرة القصة راودت بولانيك حين كان يعمل متطوعًا في المستشفيات، وكان يرافق المرضى إلى مجموعات العلاج، وينتظرهم حتى يعود بهم إلى المستشفى. وفي كل مرة كان يراوده شعور أصيل بالذنب لأنه الشخص الوحيد السليم بين هؤلاء. وخطرت له فكرة: ماذا لو ادعى أحدهم المرض ليجلس مع هذه المجموعات، فقط من أجل الشعور بالصدق والحرارة لدى المرضى؟

«إن الناس إذا اعتقدوا أنك تحتضر، يعطونك كامل اهتمامهم. إذا كانت هذه هي آخر مرة يرونك فيها فإنهم يرونك حقًّا، وينسون كل شيء آخر عن دفاتر شيكاتهم وأغاني الراديو والعناية بشعرهم. إنك تظفر باهتمامهم الكامل».

هذه إذن قصة عن «التطهر» (catharsis) بمعناه النفسي والأرسطوطالي.

الخيط الثاني يعود إلى عهد ما قبل ممارسته الكتابة، حين كان يعمل على خط تجميع في شركة شحن. ثم راح يمارس البحوث على المركبات لتطويرها ويكتب تقارير. كان في إجازة ودخل في مشاجرة عنيفة. وحين عاد بعدها للعمل كان في أسوأ حال، لكن أحدًا لم يسأله عما دهاه. وخطر له أنه لو بدا مظهرك شنيعًا بما يكفي فإن بوسعك عمل أي شيء، لأن أحدًا لن يتدخل في شؤونك. هكذا يمضي بطل القصة بفجوة مخيفة لا تلتئم في خده، فيناديه كل من يقابله بـ«سيدي». كل القصة حقيقية إذن ما عدا فكرة نادي القتال نفسها. هذا ما يقوله بولانيك.

ويقول بولانيك إنه بعدما رأى الفيلم، وجد أن السيناريو تنبه لأشياء

كثيرة، وخلق علاقات لم تخطر له ببال، حتى إنه شعر بالخجل من نفسه لأنه لم يفكر فيها من قبل.

قصة «نادي القتال» تهاجم الملكية الفردية وكل قيمة برجوازية بشراسة:

«الإعلانات جعلت هؤلاء القوم يطاردون السيارات والثياب التي لا يحتاجون إليها. هناك أجيال ظلت تعمل في وظائف تكرهها، فقط لتستطيع شراء أشياء لا تحتاج إليها».

بولانيك نفسه لا يعبأ بالملكية لأنها تجعل الحياة أعقد، ويقول إنه حين كان فقيرًا كان يفكر طيلة الوقت في الأشياء التي سيبتاعها لو صار ثريًا. اليوم هو ثري، لكنه فقد أي رغبة في الامتلاك. ويقول: «أحمد الله أنني لم أملك مالًا يكفي لارتكاب الأخطاء التي كنت سأرتكبها».

لا يعبأ تشاك بولانيك بالشهرة ولا المال كما قلنا، لكنه حريص على أن يحب الرجال كتبه، أما عن فلسفته في أدبه فيقول: «يجب أن نقبل الفوضى والأشياء التي نراها كوارث، لأننا بهذه الأشياء نتغير. يجب أن نرحب بالكارثة».

قصصه تتحرك إلى الأمام بسرعة البرق مع منحنيات كثيرة تصيب بالدوار. هذه المنحنيات الشهيرة في قصصه تعكس بالضبط تحاشيه لكل ما لا يحبه في الكتب. كان يكره القصص التي تضيع فصلًا كاملًا في وصف برتقالة أو انتظار رجل حتى يبرد الشاي، فهو يريد أفعالًا لا صفات، على أن يترك القارئ يكمل بنفسه ما هو ناقص: «لا أحتاج إلى عقدة في كل فصل، بل أحتاج إلى عقدة في كل جملة».

وأسلوبه في الكتابة مميز حقًّا. يبدأ الفصل بحدث لا تستطيع فهمه، وتشك في كونه قد فاتك في أثناء القراءة، ثم تتوغل في القراءة فتكتمل الصورة ببطء، كأن فصوله وقصصه كلها يجب أن تقرأ من نهاياتها. ثم إنه يمزج بين زمنين أو أكثر على نفس مستوى السياق، مع صوت عالٍ لتدفق اللاشعور. يقول الملمون بأدبه إن هذه بالضبط سمات أسلوب «المينيماليزم» (Minimalism) الذي يتعامل معه بولانيك، كأنه يبشر بدين سري له أتباعه المخلصون. «المينيماليزم» أصلًا مدرسة تجريدية في الرسم والنحت، تلتزم بأقصى تبسيط ممكن في الشكل واللون الذي قد يكون أحاديًّا، مع غفلية الموضوع والأسلوب معًا. ويعترف بولانيك بأن معلمه توم سبانباور أقنعه باستخدام هذا الأسلوب الذي استقاه من كاتب آخر هو جوردون ليش.

حاولت في الترجمة أن ألتزم حرفيًّا بأسلوبه هذا، خاصة مع الجمل القصيرة القاطعة والتكرار على غرار:

«ذهبت لألقى مدير فندق برسمان. جلست هناك في مكتب مدير فندق برسمان».

أو الإفراط في استعمال الزمن المضارع:

«مارلا تدخن لفافة تبغها. مارلا تقلب عينيها».

فضلت أن ألتزم بهذا مجازفًا بأن يفترض القارئ أن هناك خللًا معينًا في صياغتي للجمل.

تتضمن قصص بولانيك التالية: «الباقي حيًّا» و«الوحوش الخفية» و«الاختناق» ـ وهي كوميديا سوداء عن مدمني الجنس ـ و«أغنية

المهد» وقصته الأخيرة تحمل اسم «مفكرة»، أما آخر كتبه ـ حتى كتابة هذه الترجمة ـ فموضوعه وطنه بورتلاند ويحمل عنوان «هاربون ولاجئون». على أنه يمضي الوقت بين كتاب وآخر في كتابة قصص قصيرة لمجلة «بلاي بوي».

أحمد خالد توفيق

ترجمات الكرمة

١. صونيتشكا – لودميلا أوليتسكايا. ترجمها عن الروسية: عياد عيد.

٢. سالباتييرًّا – بيدرو مايرال. ترجمها عن الإسبانية: مارك جمال.

٣. أصوات المساء – ناتاليا جينزبورج. ترجمتها عن الإيطالية: أماني فوزي حبشي.

٤. النورس جوناثان ليفنجستون – ريتشارد باخ. ترجمها عن الإنجليزية: محمد عبد النبي.

٥. جاتسبي العظيم – ف. س. فيتزجرالد. ترجمها عن الإنجليزية: محمد مستجير مصطفى.

٦. الاعتداء – هاري موليش. ترجمتها عن الهولندية: أمينة عابد.

٧. صباح ومساء – يون فوسه. ترجمتها عن النرويجية: شرين عبد الوهاب وأمل رواش.

٨. الإوزَّة البريَّة – أوجاي موري. ترجمها عن اليابانية: ميسرة عفيفي.

٩. عشيق الليدي تشاترلي – د. هـ. لورانس. ترجمها عن الإنجليزية: أمين العيوطي.

١٠. الوعد – فريدريش دورِنمات. ترجمها عن الألمانية: سمير جريس.

١١. طيف ألكسندر ولف – جايتو جازدانوف. ترجمها عن الروسية: هفال يوسف.

١٢. رسائل إلى شاعر شاب – راينر ماريا ريلكه. ترجمها عن الألمانية: صلاح هلال.

١٣. قلب الظلمات – جوزيف كونراد. ترجمتها عن الإنجليزية: هدى حبيشة.

١٤. تقرير موضوعي عن سعادة مدمن المورفين – هانس فالادا. ترجمه عن الألمانية: سمير جريس.

١٥. أرض البشر – أنطوان دو سانت اكزوبيري. ترجمها عن الفرنسية: مصطفى كامل فودة.

١٦. ملحمة أسرة فورسايت: صاحب الملك – جون جالزورذي. ترجمها عن الإنجليزية: محمد مفيد الشوباشي.

١٧. اعتراف منتصف الليل – جورج دوهاميل. ترجمها عن الفرنسية: شكري محمد عياد.

١٨. الأمريكي الهادئ – جراهام جرين. ترجمها عن الإنجليزية: شوقي جلال ومحمود ماجد.

١٩. الأمير الصغير – أنطوان دو سانت اكزوبيري. ترجمها عن الفرنسية: محمد سلماوي.

٢٠. أربطة – دومينيكو ستارنونه. ترجمتها عن الإيطالية: أماني فوزي حبشي.

٢١. مليون نافذة – جيرالد مُرْنين. ترجمها عن الإنجليزية: محمد عبد النبي.

٢٢. البحيرة السوداء – هيلا هاسه. ترجمتها عن الهولندية: أمينة عابد.

٢٣. حلم – أرتور شنيتسلر. ترجمها عن الألمانية: سمير جريس.

٢٤. حرائق صغيرة في كل مكان – سيليسْت إنْج. ترجمتها عن الإنجليزية: سها السباعي.

٢٥. مذكرات شرلوك هولمز – آرثر كونان دويل. ترجمها عن الإنجليزية: أمين سلامة.

٢٦. كتاب المقبرة – نيل جايمان. ترجمها عن الإنجليزية: أحمد خالد توفيق.

٢٧. نحن نعرف ما سيأتي – كريستا فولف. ترجمها عن الألمانية: صلاح هلال.

٢٨. ظلام مرئي: مذكرات الجنون – وليام ستايرون. ترجمها عن الإنجليزية: أنور الشامي.

٢٩. المنزل الريفي (هواردز إند) – إ. م. فورستر. ترجمها عن الإنجليزية: محمد مفيد الشوباشي.

٣٠. اعتراف – ليف تولستوي. ترجمها عن الروسية: الأرشمندريت أنطونيوس بشير.

٣١. جسور مقاطعة ماديسون – روبرت جيمس والر. ترجمها عن الإنجليزية: محمد عبد النبي.

٣٢. الحرب والتربنتين – ستيفان هيرتمانس. ترجمتها عن الهولندية الفلامندية: أمينة عابد.

٣٣. سولاريس – ستانيسواف لَم. ترجمها عن البولندية: هاتف جنابي.

٣٤. الاعتذار – إيف إنسلر. ترجمته عن الإنجليزية: سها السباعي.

٣٥. شخص نعرفه – شاري لابينا. ترجمتها عن الإنجليزية: منى عبد الغني.

٣٦. خلف هذه الأبواب – روث وير. ترجمتها عن الإنجليزية: إيناس التركي.

٣٧. احتضان – كلير كيجن. ترجمها عن الإنجليزية: أنور الشامي.

٣٨. اترك العالم خلفك – رمان عَلم. ترجمتها عن الإنجليزية: سها السباعي.

٣٩. بندقية صيد – ياسوشي إينويه. ترجمها عن اليابانية: ميسرة عفيفي.

٤٠. لن نقدم القهوة لسبينوزا – آليتشه كابالي. ترجمتها عن الإيطالية: أماني فوزي حبشي.

٤١. سأبقى هنا – ماركو بالزانو. ترجمتها عن الإيطالية: أماني فوزي حبشي.

٤٢. نادي القتال – تشاك بولانيك. ترجمها عن الإنجليزية: أحمد خالد توفيق.

٤٣. ديرمافوريا – كريج كليفنجر. ترجمها عن الإنجليزية: أحمد خالد توفيق.

٤٤. المولود من ذي قبل – خوان خوسيه ساير. ترجمها عن الإسبانية: محمد الفولي.

٤٥. ثلاثية – يون فوسه. ترجمتها عن النرويجية: شرين عبد الوهاب وأمل رواش.